동시대단막극선 1

(사)한국극작가협회

희곡아, 문학이랑 놀자 운영위원회 엮음

동시대단막극선 1

최준호 기둥

고정민 핏대

윤조병 출발

이현화 요한을찾습니다

최세아 방문자

노경식 아버지와아들

연극과인간

머리말

단막극의 참맛

홍창수(극작가 · 고려대 교수)

희곡은 문학에 속하는 하나의 독립된 문학 갈래이면서 연극 공연을 전제로 한 대본이다. 이것은 희곡의 고유한 일반적 특성이다. 희곡은 문학의 영역에서도 연극 예술의 영역에서도 가치를 지닌다. 서양연극의 본격적인 출발점으로 보는 고대 그리스의 연극을 보면, 당시의 희곡은 활자화된 문학 텍스트로서 만들어지고 독자에게 유통되고 향유된 것이 아니었다. 그리스의 디오니소스 축제의 일환으로 경연대회가 열렸고 그 대회의 참가작으로 공연되어 관객과 만났다. 이점에서 고대 그리스 희곡은 문학텍스트가 아니라, 공연을 전제로 한 대본임에 틀림없다. 그러나 이 대본이 책으로 독자에게 유통되지는 않았지만, 공연 허락을 받고 경제적인 지원을 받기 위하여 심사위원들 앞에서 낭독되어 그 가치를 인정받아야 했다. 다시 말해 공연 되기 전에 작가가 창조한 희곡은 공연물로서의 요소들만이 아니라, 플롯, 인물, 주제 등 문학적인 요소들을 갖춰야만 공연 선정작이 될 수 있었다. 그리스 비극을 대상으로 정치하고 체계적으로 문학적인 분석을 시도한 책이 바로 아리스토텔레스의 『시학』이 아니던가.

디지털 영상과 미디어와의 접촉이 일상이 되어버린 21세기에서 연극 예술은 문학 텍스트가 보여주었던 언어와 대사의 힘을 점차 영상과 이미지에 자리를 내주는 듯한 인상을 준다. 그러나 미래에도 아무리 영상 시대가 영속적으로 지배한다 해도, 연극 예술이 지닌 본래의 속성, 즉 인간들의 창조적인 노동으로 텅 빈 무대가 연극 예술로 꽃피우고 인간의 드라마가 펼쳐져 관객에게 감동을 주는 아날로그의 특성은 사라지지 않을 것이고, 오히려 시간이 흐를수록 더욱더 빛을 발할 것이다.

이번에 사단법인 한국극작가협회가 일반 시민들을 대상으로 「문학아, 희곡이랑 놀자」라는 행사를 처음 개최한다고 한다. 이 행사는 연극 예술의 근간에 있는 희곡에 초점을 맞추고 있다. 특히 일반 시민들이 단막극의 묘미를 경함하고 직접 창작해봄으로써 그들을 자연스레 극작으로의 길로 안내하려 한다. 이 책은 그러한 길잡이 역할을 한다. 이 책에는 한국을 대표하는 원로 극작가님들의 대표 단막극들과 신인 극작가들의 단막극들이 같이 수록되어 있다. 이 희곡집을 읽으면서 일반 시민/독자는 단순한 갈등과 문제의식으로 구축된 단막극만의 묘미와 참맛을 충분히 느낄 수 있으리라 믿는다.

아버지와 아들

노경식 작

1막

<때와 장소>

현대, 상류가정의 응접실.

<무대>

극의 진행에 필요한 소파와 의자 몇 개, 그리고 양주와 술잔 등. 특히 주의할 것은 극 전체의 진행에 맞추어 병색이 짙은, 높고 낮은 여인의 간단없는 기침소리

초가을의 저녁. 아들이 소파에 앉아 있다. 그는 한손에 타월을 들고 물기가 채 가시지 않은 머리털을 문지르고 있으며, 대학 노트에서 찢어낸 글자가 적힌 종이쪽 서너 장을 두 무릎 위에 놓고서, 다른 한손으로 젖혀 가며 열심히 읽고 또 읽곤 한다. 한동안 버저 소리.

아버지　(소리) 하하하, 그래, 그래! 그렇게들 하라구. 그렇게 하면 손쉽지. 손쉬운 일이야. 하하하.

아버지의 호탕한 웃음소리가 콜록콜록 여인의 기침소리와 함께 들려온다. 아들은 신경이 쓰여서 눈살을 찌푸리고 잠시 돌아다본다. 다시 종이쪽에 눈길을 떨군다. 이윽고 아버지 등장. 아들을 발견하고 새삼 불쾌한 기색이 역연하다. 실내복 차림.

아버지　(퉁명스럽게) 머리에 물기를 말리려거든 전기 드라이어를 꽂고 해라, 이놈아 (여송연에 불을 붙인다)

아들　네? 아, 아니, 괜찮습니다. (잠시 머리털을 문지른다) 아버지, 또 무슨 일이 났어요?

아버지　(변덕스럽게 크게 웃는다) 하하하, 수건보다야 전기 드라이어가

한결 손쉽지.

문명의 이기야. (짐짓) 아침저녁으로 샤워를 할 수 있다는 것은 좋은 일이지. 필요에 따라서 수시로 더운물 찬물, 참 손쉽다. 허기야 이 정도는 보일러 시설이 그 집에 돼 있느냐 않느냐에 단순히 딸린 일이겠지만, 문제는 그런 설비를 계속 유지할 수 있는 힘, 즉 경제력이라는 실력이거든. 며칠씩, 그것두 머리털이 짜라서 물씬물씬 쉰내가 나야만, 그제 서야 머리 좀 감겠다고 엉거주춤 똥 사듯 쭈그리고 앉아서 세수 대야에다 대갈통을 쑤셔 박고 끙끙거릴 일은 없으니까

아들   연설이시군요. (피하여 나가려고 한다)

아버지   (턱으로, 탐문하듯) 그게 뭐냐?

아들   아, 아무 것도 아닙니다. (종이쪽을 뒷주머니에 쑤셔 넣는다)

아버지   얘기 좀 할까?

아들   네, 더 듣지요, 뭐. (돌아선다)

아버지   허허허. 무슨, 학교에 제출할 레포트 같지도 않구나?

아들   (약간 더듬거리다가) 네, 지난번에 경상도로 갔던 답사 보고서는 이미 제출해 버린 걸요.

아버지   (눈치를 보며) 같은 값이면 다른 과보다야 사학과 학생이 좋겠어. 학술조사 합네 하고 자주 여행을 할 수 있구, 여행을 하다 보면 여러 지방의 풍물을 손쉽게 접할 수 있어서, 배운 것도 많겠지. 이 아비한테는 그런 시절이 없었다.

아들   아버지는 법문학부였으니까요.

아버지   그도 그렇지만, 가사 그런 기회가 있었다 해두, 고달픈 고학생 몸으로서야 어려웠겠지. 너희들은, 참으로 편한 공부야.

아들   모든 것이 아버지의 은덕이라고 말씀 올려야 할까요?

아버지   아, 아니다. 굳이 그럴 것까지야 없지. (사이) 음, 아비가 알기

로는, 오늘밤에 너도 같이 떠날 줄 알고 있었는데?

아들 갑자기, 저도 변덕이 일어났어요.

아버지 누구처럼?

아들 내일이 누나 약혼식이잖아요?

아버지 그 약혼식에 네놈은 절대 참석하지 않겠다고 공언했잖냐.

아들 물론 지금두 변함없습니다. 허지만…

아버지 충청도 지방 고분 답사라- 좋지, 좋아. 계룡산엘 가면, 우리 산장도 있어서 좋을 걸 그랬지?

아들 네, 알아요.

아버지 저녁을 밖에서 먹고 들어왔다구?

아들 그건 좀 전에, 아까 저 안방에서 제가 말씀드린 건데요?

아버지 오, 그래, 그래. 그랬던가? 허허허. 요즘 사업상 골똘해서 말이다.

아들 8시 10분 발 야간열차였어요. 그래서 그 애들하고, 환송 겸 서울역 근처에서 간단히들 했습니다.

아버지 알고 있었다.

아들 아버지가요?

아버지 왜 함께 안 떠났지?

아들 아, 그렇군요…

아버지 (혼잣말로) 오늘 밤 네가, 이곳 서울을 떠나 버렸더라면 좋았을 걸 그랬어.

아들 그 정거장 2등 대합실에서, 아버님 비서 최 씨를 만났습니다.

아버지 (얼버무리고) 제대로 볼일이 있어서 나갔던 게지?

아들 그분이 말씀하시던가요?

아버지 (일축하고) 아무리 사장 비서라고 해서 청하지도 않는 그 아들놈의 프라이버시까지 낱낱이 보고해 가면서 충성을 바칠, 그런 똥창자 빠진 얼간이 비서도 다 있다던?

아들 그러니까 최 비서가 피하려는 눈치였는데, 내가 불러서 먼저 아는 체를 했거든 지금 생각하니 식당에서도 저기 한쪽 구석에 있었다고 기억돼요. 그 어느 미행자처럼, 순간 당황하는 기색이랄까…

아버지 (털어 버리듯) 네가 오늘 저녁을 외식으로 때웠다는 사실은, 아까 네가 네놈 주둥아리로 나불댄 얘기야. 평소 땐 막역한 사이라두, 어쩌다 보면 서로 피하고 싶은 때와 장소가 굳이 있는 법이다. (말을 돌려서) 내일 밤 7시! 하하하. 제일호텔 코스모스 룸. 우리 극동에서는 최대 초고급 최호화판 호텔 시설이지. 일본에도 그런 시설은 없어요. 이런 장엄한 약혼식은, 앞으로도 그렇게 흔한 사례가 되지는 못할 게다.

아들 정작 결혼식은 세계적인 호화판이 되겠군요.

아버지 호화판이 아니다. 말을 골라서 쓰도록 장엄하고 성스러운 인간 대사일 뿐이야. 예, 네 누나는 행운아다. 네놈두 마찬가지. 너희들은 아비를 존경해야 돼요.

아들 차라리 신앙이라는 표현이 보다 적절하겠는데요?

아버지 또 건방진 소리! (말을 중단시키듯 기침소리 들린다) - 콜록콜록

부자, 서로 마주본다. 아들이 찬장으로 가서 양주병과 술잔을 집어 든다.

아들 아버지, 술 한 잔 드세요.

아버지 그러자, 좋아요. 너는 코냑을 좋아한다고 했던가?

아들 (술잔에 술을 따라서 그에게 건넨다) 아버지는 진을 즐기시죠.

아버지   (술잔을 받아 들며) 아는구나, 알아요. 하하하. 아비는 진을 좋아하지. 이 진이란 놈은, 상긋한 그 생솔잎 같은 냄새가 별미란 말야. 하하하. (한 모금 마신다. 아들도) 너 요즘에 회현동 고모 집엘 자꾸 들린다구?

아들   (의외여서) 네?

아버지   벌써 사흘째나, 밤마다 뭣을 하겠다고 그렇게 들리지?

아들   고모님께서 연락을 하셨던가요?

아버지   아는 수가 있다.

아들   그럼 어떻게? 오, 부자지간만 아니라면, 마치 사설탐정을 붙이고 있다는 혐의가 짙은데요, 아버진?

아버지   그래서, 무슨 경천동지할 쿠데타 모의라두 했니? 허허허.

아들   역시 같은 생각들이었습니다.

아버지   그렇지, 맞았어요. 나두 짐작할 수 있다. 그래, 고모두 내일 참석하지 않겠다?

아들   아, 아니에요. 뭐랄까, 꼭 덜 익은 생감을 한 입 씹는 기분이라나요?

아버지   (침통하게) 음, 다수의 의사가, 항상 반드시 옳은 것은 아니다.

아들   어느 위대한 정치가의, 말년에 쓴 회고록 대목 같네요.

아버지   나불댄다고 죄다 말은 아니다. (사이) 에, 일단 내일 약혼이 끝나면, 결혼식 역시 1주일 안으로 마저 올릴 작정이다.

아들   몹시 서두르시는군요.

아버지   쓸데없이 약혼기간이 길어지면, 젊은것들이 사고가 잦는 법이야.

아들   진짜 바쁜 것은, 결국 당사자들이 아니라 아버지 혼자서만이에요.

아버지   허튼 소리! 오늘날 현대의학은 T · B 정도는 병이 아니다.

아들	그렇다면 고치는 거죠, 뭐. 깨끗이 고치고 나서, 그러고 나서 시집보내는 거예요.
아버지	파스, 나이드라짓드, 천병만약, 신통한 약들이 좀 많니? T·B는 인류가 과학의 힘에 의하여 이미 정복한 병명일 뿐이다.
아들	(어깨를 으쓱하며) 홍!
아버지	(거슬려) 홍이 아니다, 이놈!
아들	그럼 묻겠어요. 그 난다 긴다 하는 영하다는 의학 박사님들이, 더구나 우리 같은 돈 많은 부잣집 고명딸의 치료를 거부하고, 왜 그녀에게 퇴원을 명했죠?
아버지	그까짓 것들이 알긴 뭘 알아.
아들	그러니까 아버지의 일방통행이죠.
아버지	병은 나중에 고쳐도 되는 거야. 차차 고치게 돼 있다.
아들	지금 회사가 과당경쟁에 빠져서 흔들리고 있어요. 파산 일보 전. 이대로 가다가는 꽈당, 끝장이에요. 유일한 탈출구란 모든 상처를 딱 덮어놓고 동종의 업체를 흡수하고, 자금 지원을 받는 것이다. 그러기 위해서는 인척관계를 맺는 길이 상지상책. 사돈 관계로써 둘을 한데 묶어 버린다.
아버지	듣기 싫다! 이놈아, 까딱 잘못해서 회사가 여의치 않으면 딸린 식솔이 수천이야.
아들	참 훌륭하시군요.
아버지	사실이 그런 걸 어떻게 해? 실업자가 수백이 나야 돼, 이놈아.
아들	(팔뚝을 걷어 올리며) 여러분, 이제야 그리던 조국 해방이 왔습니다. 저 지긋 지긋한 왜놈, 수탈자 압제자, 왜놈은 한 놈두 남기지 않고 찢어 죽여야만 우리의 맺힌 한이 풀릴 것입니

다?

아버지 (까딱없이) 이놈, 못할 말이 없군.

아들 그것두 평소에 가장 자기를 아껴 주던 일본 사람을 말예요. 그저 잠깐 동안만 자기 한 몸뚱일 숨겨 달라고 가까스로 찾아온 그 일본인을, 아버지가 손수 고발하셨다구요? 그래서 버젓이 왜놈의 재산을 가로채고…

아버지 닥쳐라, 이놈! (뺨을 사정없이 후려친다)

아들 아!

아버지 하하하. (떠나갈 듯이 크게 웃는다)

아들 왜 웃으시죠?

아버지 하하하. 이놈아 옛날 허생전에 보면, 허생원이 안성 장바닥에 나타나서 썩은 것 작은 것 큰 것 가릴 것 없이 과일 일만 냥 어치를 죄다 사겠다고 나오니까, 종자놈 이하 모든 주위 잡것들이 다 나서서 말리더라. 그 머시냐, 허생원의 이 머리가 돌았다고 말야. 허허허. 바보, 얼간이 새끼들! 그때에 유독 허생원 혼자서만 웃었던 웃음이 이랬다. 하하하!

아들 고모님이 그러셨어요.

아버지 작은 참새새끼 따위가, 저 높이 구만리장천을 훨훨 나는 따오기 같은 큰새의 뜻을 어찌 알아, 이놈아. 하하하.

- 콜록콜록

아버지 (화가 나서) 못된 놈! 시방 당장, 그냥 이놈을…

아들 (애소가 되어) 저 기침소리. 금세 푹 꺼져버릴 듯이 컥컥 넘어가는 안타까운 소리, 산산조각으로 일시에 팡 하고 허파가 폭발해 버릴 듯 한 저 기침소리가 아버지는 들리시지 않습니까? 그리구 또, 폐병환자의 결혼생활이, 그 최악의 상태를 가장 빨리 돌아온다는 사실은, 비록 의사가 아니더라두 아버지께서 더욱 잘 알고 계십니다. (사이)

아버지 네놈은 네가 알고 있다는 사실을 죄다 끝까지 나불댈 것은 없었어.

아들 (울먹이며) 아버지, 제가 너무 흥분했어요. 모든 일이, 아버진 너무너무 손쉽습니다.

아버지 손쉽다는 말은 아비의 전문 용어야. 네놈까지 흉내 낼 것 없다. (술병을 들고 아들에게 간다) 사내자식이 스케일이 좀 있어야지. 술이나 한 잔 더 해라.

아들 제가 따라서 들지요.

아버지 아비가 한 잔 권하기로 하지. 자, 잔을 들어라.

아들 (잔을 받아 든다)

아버지 오, 이 술병이 아니군. 허허허. 너는 코냑이지. (술병을 바꾸어 잔에 붓는다. 각자 한 모금씩 음미한다. 탐색전이라도 펴듯) 만경창파, 촌놈 얘기루, 사공이 많으면 배가 산으로 간다. 때로는 객실 문도 철갑을 하는 거다.

아들 술 더 하세요, 아버지. (따른다)

아버지 1930년대에 미국의 프랭클린 루우즈벨트 대통령의 그 현명한 뉴우딜 정책이 한동안 위헌 판결을 받은 적이 있어. 그 멍청한 여론과 재판관들 때문이었다.

아들 허지만 그들은 토론을 할 수 있었고, 마침내 어떤 최대 공약수를 발견해 낼 수가 있었어요.

아버지 괜한 도로다. 시간 낭비.

아들 선장께선 명령만 내리시는군요. 옛날 절대군주가 내리신 칙명인가요?

아버지	위계질서야. 그렇지, 야구 경기엔 희생타라는 게 있다.
아들	…
아버지	왜 웃니?
아들	그 희생타 차례가, 바로 아버지가 되신다면?
아버지	그래두 별수 없겠지. 다 너희들을 위해서라면?
아들	네? 또 저희들을 위했어요? 아아, 뭐가 뭔지 도시 모르겠는데요? 피라밋의 영광, 투탄카멘의 황금 마스크, 만리장성 그리고 저 히틀러의 위대한 게르만 민족의 이상… 찬미할지어다. 허허허. (시들하게 웃는다)
아버지	(노기를 띠고) 네놈 주둥아리는 너무 걸다. 비옥해! (변덕스럽게 회유조로) 네가 어떻게 생각을 몰아가든 좋다. 음, 우리 주위에서 손쉽게 얘길 하나 꺼내자. 에, 너는 여름 철 같은 때에, 가사 피서를 가겠다고 따로 걱정을 하거나 서둘 것도 없다. 가고만 싶으면 하시든지 마음대로 떠날 수가 있어. 자가용 있겠다, 우리 별장이 있는 경포대 바닷가로 언제든지 손쉽게 간다. 산이 좋으면 남쪽 계룡산 산장으로 내려가도 돼. 네놈 동무들 한 떼거리가 아무리 많이 몰려가서 지랄 북새를 떨어두, 나는 일절 군말 한 마디하지 않는다.
아들	(힐난조로) 그래요, 바닷가의 별장과 샤워 얘기. 흥, 배가 고프지 않으면 올 줄도 모르는 돼지, 저 살찐 돼지들같이 꿀꿀 말이죠? 그저, 꿀꿀!
아버지	(협박하여) 시방 넌 말이 많다, 이놈?
아들	임금님 귀는 당나귀 귀래요.
아버지	(참을 수 없다는 듯) 잡음이야! 이놈, 가만 두고두고 보자 하니 안 되겠군. 못된 것!

- 콜록콜록

아들   (기침소리에 안절부절) 아버지…

아버지   괜찮다, 이놈아.

아들   지금 누나는 송장과 다름없어요.

아버지   송장이 아니다!

아들   송장입니다.

아버지   (소리친다) 송장이 아니라면 아니다, 이놈아!

아들   송장이에요!

아버지   이런 죽일 놈 봤나. 이놈아, 산 사람이 왜 송장이 돼!

아들   왜 우리 집 송장을 남의 집으로 보내십니까?

아버지   뭣이, 이놈?

아들   자기들 송장은 자기 집에서 자기 식구들이 자기들 손으로 치우는 거예요.

아버지   닥쳐라, 이놈. 주둥아릴 함부로 나불대지 마라.

- 콜록콜록

아들   (단호히) 좋습니다. 저도 생각이 있어요. 모든 것을 그 집에 알리겠습니다.

아버지   뭐야, 이놈?

아들   사실대로, 지금 당장, 곧 말예요.

아버지   잘한다 잘해! 하하하

아들   (흥분하여 횡설수설) 이번엔 웃으셔도 그렇게 안 될걸요? 흥, 내 물건이 썩었으면 썩었다고 솔직히 하는 거예요. 딱 덮어놓고는 안 됩니다. 물건이 실격이면 실격 레텔을 붙이세요. 눈

　　　　감고 아웅? 감출 것 없어요?

아버지　뒤죽박죽 깡그리 흩트려 놓고 싶다는 얘기구나?

아들　　흥! 전부 탁 까놓으세요. 처음부터 부스럼투성이에요. 불량
　　　　상품! 글쎄, 더덕더덕 부스럼투성이 물건이라니까요. (뒷주머
　　　　니에서 종이쪽을 꺼내 들고) 자, 이것입니다, 아버지. 초안을 잡
　　　　아 둔 거예요.

아버지　가장 손쉬운 건 전화질이겠지?

아들　　아니에요, 편질 낼 거예요. 좀 더 차근차근 생각을 정리할
　　　　수도 있을 것 같습니다. 곰곰 생각해 왔어요.

아버지　음- 보여 줄 수 있을까?

아들　　안돼요.

아버지　살짝 좀 보자꾸나?

아들　　싫습니다! 오늘 밤 청서를 해서, 내일 아침에 속달로 부치면
　　　　돼요.

아버지　그 휴지 쪽 나부랭이가 사돈집에 도착될 수 없다면?

아들　　네?

아버지　아니, 아니야. 첨부터 네놈 편지가, 우체통에 들어갈 수조차
　　　　도 없다면?

아들　　무슨 뜻이죠?

아버지　그건 그렇고, 에, 너 오늘밤 안으루, 시방 당장 강원도 별장
　　　　으로 내려가도록 해라. 시골 좀 갔다 와야겠다.

아들　　싫습니다.

아버지　(오히려 여유를 갖고) 어른이 시키는 대로 하는 거야. 허허허.
　　　　술 한 잔 더 하련?

아들　　싫어요!

아버지　그렇다면, 너 건강진단 좀 받아야겠어?

아들　싫어요!

아버지　(짐짓) 그럼, 어찌 한다? 음-

아들　아니, 왜 내가 병원에서 건강진단을 받아야 하죠?

아버지　너 같은 아이에겐 정기적으로 필요할지도 몰라요.

아들　필요 없어요! 이렇게 난, 극히 정상이라니까. 허허허.

아버지　시방 네가, 오늘 밤 그 학교 친구 놈들과 함께 어울려서, 진작 시골로 떠나버렸더라면 좋았을 걸하고 아비는 생각한다.

아들　참 안됐군요. 유감입니다, 아버지?

아버지　술이나 조금 더 하지, 그래?

아들　(뺄 듯이) 글쎄. 싫다니까요, 다!

아버지　(표변하여 벽력같은 고함소리) 이리 가까이 오란 말이다. 이놈아, 아비가 이리 오라면 오는 거야!

아버지는 아들의 뒷덜미를 나꾸어채서 머리를 뒤로 젖히고는 술병째 그의 입에다 대고 마구 들이붓는다. 아들은 몸을 비틀며 「싫어, 안돼요!」를 연방하고, 여인의 콜록콜록 긴 기침소리.

아버지　아버지가 시키는 대로 해! 시키는 대로 다소곳이 처마시는 거다.

아들　아아, 싫어요!

아버지　이놈아, 까불지 마. 까불지 말란 말이야.

아들　아, 안돼, 안돼요.

아버지　매미 중에는 울지 못하는 매미도 있는 거야, 이놈아.

아들　아, 그만, 그만! 안돼요.

아버지　맴맴, 울지 못하는 매미는 매미가 아니라던? 맴맴! 벙어리매미는 매미가 아니야, 이놈아? 두 날갯죽지만 붙이고 푸득푸득 날아도 매미는 또한 매미다.

아들 그만요, 그만!

아버지 어떠니, 이놈?

아들 (두 손으로 목덜미를 움켜쥐고 비틀거린다.)

아버지 이놈아, 까불면 국물도 없어요! 하하하.

아버지는 홀린 듯 점점 위세 등등해지고, 반대로 아들은 비참하게 무기력 상태가 된다. 사지가 문어 다리처럼 멋대로 흐느적거리고, 목소리 역시 벌레 소리가 되어 불분명하고, 자꾸 기어들어 간다.

아버지 시방 당장, 곧바로 네놈은 청량리로 간다. 청량리 뇌병원 행이다, 이놈!

아들 (비는 몸짓을 한다. 구역질이 날 정도로 비굴한 동작)

아버지 안 된다!

아들 (종이쪽을 꺼내서 두 손으로 받쳐 준다)

아버지 (받아서 찢어버리며) 이미 수속두 밟아 놨다. 너는 내 장중에 있어. 손오공이란 놈이 여의봉을 자랑삼아서 아무리 멀리 하늘 끝까지 날아 봐도, 제깐 놈은 부처님의 이 손바닥 하나를 못 벗어나는 거다.

아들 아까 정거장에서 만난 최 비서, 고모 집 방문 건 … 이제 알겠습니다.

아버지 그따위 소리는, 이따가 의사 놈한테나 지껄이는 거야.

아들 저는 병원행이구, 지금 아버지한테는, 사흘 낮밤의 푸닥거리 같은 것이 필요할 거예요.

아버지 푸닥거리? 허허허. 귀신이 씌웠구나. 미친놈은, 항상 자기는 아니고 남들만 미쳤다고 주장한다며? 네놈의 그 조잘조잘

잘도 나불대는 소리가, 시방부턴 공허한 메아리가 되고 말
걸? 우중충한 병동의 찬 벽과 마룻바닥에 부딪쳤다가는, 다
시금 네놈 귓구멍으로 풀이 죽어서 맥없이 되돌아오고 말게
다.

- 콜록콜록 기침소리는 심하게 약하게 계속된다. 마지막까지.

아들 (마지막 힘을 내어) 흥! 내일 약혼식에서, 하나밖에 없는 남동생
이 정신병원에 입원해 있다고 알면, 사돈집에서도 별로 유
쾌하진 않겠는데요? 히히히. (병신스럽기만 하다)

아버지 벌써 네 놈은 고적 답사에 나가 있는 것으루, 죄다 돼 있어
요. 그 정도 얘기야 손쉽다. 놀랬지? 하하하.

아들 (다시 풀이 죽어) 역시 칼자루를 쥐고 있는 것은 아버지 쪽이군
요!

아버지 항복했니? (한쪽에 있는 버저를 힘 있게 누른다) 하하하.

긴 벨 소리가 끝나고, 이어 요란한 노크소리.

아버지 (술잔에 술을 따르며) 음, 좋아! 병원 놈들한테 연락해서 앰뷸런
스를 부르도록 해라. 시방 당장 날아오라고 해.

아들은 무릎을 꿇고 앉는다. 두 팔을 사각으로 내려뜨려 마치 매미
날개처럼 하고 있다. 다음 대사에 응답이라도 하듯, 그는 간간이 불
규칙적으로 팔을 푸득푸득 떨곤한다.

아버지 (은근하고 다정하게) 괜찮아, 괜찮아요. 힘을 내라. 들어가서 잠

시 쉬는 거다. 그저 간단한 건강진단일 뿐이니까. 음, 그래 두, 그래두 말야. 그래두 절대루 널 보호할 사람은 이 아비밖에 없단다. 허허허. 아가, 손쉽지? (발끈 꾸짖어 소리친다. 우람한 목소리) 이놈아, 힘을 내는 거다. 그까짓 술 한 모금에 이 꼴이 다 되다니! 약 먹은 똥파리새끼 같잖나. 시들 퍼들, 저 천장에 거꾸로 늘어붙어서 꼴사납게 말야. 병신자식, 힘을 내란 말이다. 아까처럼 힘을 내 봐라. 좀! 하하하.

- 콜록콜록

아버지의 커다란 웃음소리가 금새 자지러질 듯한 기침소리와 함께 길게 울려 퍼진다. 아들은 점점 기형적으로 왜소해진다. 매미로의 변신. 두 팔이 매미 날개처럼 떤다. 아버지가 새 여송연에 불을 붙인다. 긴 자동차의 경적-

2막

<때와 장소>
현대, 변두리의 목공소

<무대>
허술한 목공소 내부. 판자와 어목더미, 대패 밥, 그리고 각종 톱, 망치, 대패, 짜구, 자(척) 등 연장이 적당히 널려 있어서, 누구나 목공소임을 한눈에 알 수 있다.
오후. 아버지는 4홉 들이 소주병을 들고 연상 마셔 가며 얘기한다. 어지간히 취했다. 알콜 중독 현상. 아들은 어목 네 개를 가지고 책상다리를 만드느라고 열심이다. 톱질을 하고 짜구로 찍어내고 대패

로 다듬고- 그러나 번번이 실패. 길이가 똑같지 않은 것이다. 그는
웃음이 헤프다. 바보처럼 멍청하게 곧잘 웃는다. 헤헤, 하고-

아버지 (언성을 높여 나무란다) 요런 병신자식. 야 이 머저리 밥통아!

아들 헤헤! (히죽이 웃는다. ㄱ자형 쇠자로 길이를 재고, 연필 도막에 침을
묻혀가며 금을 긋곤 한다)

아버지 (다시 아무렇지도 않은 듯 평상대로, 시들하게) 이놈아, 하마 네 번
째다, 네 번째. 황새새끼 다리모양 길쭉한 테이블도 아니구,
그까짓 요 술병만한 앉은뱅이 책상다리 네 개를, 그래 치수
가 똑같게 못 처리해. 바보자식. 임마?

아들 예! 헤헤.

아버지 잣대까지 댈 것두 없다. 그까짓 것은 눈대중으로, 아니 아니
야. 요 새끼손가락 대중으로두 거뜬하다, 거뜬해. 충분하다.

아들 이번에는 실패 없어요, 아버지.

아버지 오냐, 잘해 봐라. 시방 그 치수가 얼마지야?

아들 응? (얼른 재 본다)

아버지 (병째 술을 키며) 책상다리 네 개를 맺고 끊게 얼렁뚱땅 못 만
들어 놓다니.

아들 꼭 한자 세치 육푼이에요.

아버지 그래 갖고는 쌀밥 빌어다 콩죽두 못 쑤어 먹겠다. 세치 육푼
이라 그렇다면, 시방두 서 푼이나 모지래지 않나.

아들 헤헤!

아버지 본래가 한자 세치 구푼이 꼭 제 칫술걸? 머저리.

아들 아버지. 책상 높이란 꼭 같이 쪽 골라야지, 평평하게 말이
어. 이렇게 삐뚜름하게 한쪽으로 기울어져 있으면 안돼요.

아버지 그래, 쪽 골라야 한다.

아들	헤헤, 이번엔 실수 없어, 아버지.
아버지	그래, 그래. 일단정신으루 열심히 하는 거다. (또 술을 킨다)
아들	예, 아버지 일단정신으루─ (한손으로 짚어 가며 톱질을 한다)
아버지	옛날 옛날에, 명필 한석봉이가 글씨 공부를 하는데…
아들	그 엄마는 혼자서 떡 장사를 했대요.
아버지	10년 기약을 하고 산속 절간으로 글공부를 갔단 말씀야.
아들	나도 그 얘긴 환히 잘 알지.
아버지	그런데 이 한석봉이가…
아들	아까 아침나절에도 얘기해 주었잖아요?
아버지	10년 공부를 못다 채우고 도로 집으로 내려와 버렸겄다.
아들	한석봉 얘기가, 시방 이 두 귓구멍에 대못이 박혔어요, 아버지.
아버지	시끄러워, 이놈아. 하도 오래 떨어져서 있다 보니, 사실 지 어미두 보고 싶었고…
아들	그래요. 하지만 한석봉이가 인내성이 쬐끔 없었지요?
아버지	인간이 네놈처럼 방정맞았다. 꼭 껍데기 벗겨진 삼대같이 가벼웠단 말씀야.
아들	헤헤, 저 대패 밥 같이 말이어.
아버지	이만하면 이제는 글씨 공부가 다 됐다 싶어서, 지놈 혼자서 지멋대로 생각하고는, 주제넘은 건방진 소견머리였지. 꼭 8년 만이다.
아들	아닙니다. 9년 만이네요.
아버지	뭐? 응, 맞다, 맞다. 8년이 아니고 9년 만에, 그러니까 10년을 다 못 채우고 뽀르르 돌아와 버렸겄다.
아들	그리하여 그날 밤, 아들하고 엄마하고 밤중에 일대 시합이 벌어졌습니다. 국민학교 때 기마전 시합, 장나무 때려눕히

기! 등잔불을 탁 꺼 놓고 깜깜한 속에서 한석봉이는 붓글씨를 쓰고, 또 어머니는 이렇게 긴 가래떡을 썰고… (톱질 계속)

아버지 그래, 맞다. 한 놈은 글씨를 쓰기로 하고 그 어미는 가래떡을 썰고, 그래서 한참 만에 도로 등잔 심지를 돋궈 놓고 한석봉이 쓴 글씨와 떡가래를 대조해 보니까, 아들놈의 글자는 반듯반듯 쭉 고르게 써졌는데 말이다…

아들 아니에요.

아버지 뭐야?

아들 그건 두 번째, 두 번째요. 두 번째로, 한석봉이가 다시 절로 들어가서 공부를 다 마치고 나서 얘기여.

아버지 시방 둘째 번 시합이 아니냐?

아들 아이구, 답답해. 시방 첫 번째여, 첫 번째. 언제 첫 번째 시합했어요? 지금은 10년을 다 못 채우고, 9년 만에 내려와서 하는 시합이에요.

아버지 그렇다, 그래. 시방 첫 번째 얘긴데, 8년 만에…

아들 아니어, 9년 만이라니까.

아버지 9년 만에 내려와서, 그러니까 불을 도로 켜 놓고 보니 한석봉이 글씨는 컸다 작았다, 울퉁불퉁, 이리 비틀 저리 비틀한데, 그 어미가 썬 떡가래는 한결 같이 쭉 고르더라 이 말씀야. 자, 그러니 아들놈은 부끄럽고…

아들 아직은 공부가 덜 됐어요.

아버지 그래서 그날 밤을 지어미 옆에서 자지도 않고 되짚어서 말이지. 그냥 선불 맞은 멧돼지새끼 모양 뒤도 안돌아보고 허겁지겁, 곧바로 책 보따리를 싸 들고는 도로 산속으로 돌아가 버렸다 이거야. 그리하여 일단 정신으로 10년을 하루같이 열심히 다 채우고 나서 보니…

아들　(톱질하던 손을 움켜쥐고) 앗!

아버지　(개의치 않고) 저런 머저리자식!

아들　헤헤!

아버지　이 미련한 놈아, 나무때기를 자르라고 했지, 애비가 손가락을 자르라곤 안했다.

아들　괜찮아요. 피만 쬐끔 났어. (손가락의 피를 서너 번 바닥에 뿌린다) 아버지는 참 영리한데, 왜 나는 이렇게 멍청하지? (짜구로 다듬기 시작한다)

아버지　애비는 천생의 손재주다. 세상이 다 알아주는 명장이지.

아들　아버지?

아버지　물어 봐라, 무엇이든지 죄다

아들　음, 아버지의 아버지, 응, 그러니까 할아버지가 참 영리하셨던 모양이죠?

아버지　그렇지. 할애비가 영리했으니까 그 아들놈두 또한 영특하시지. 다 난시 난 때부터다.

아들　그렇다면 나는, 난 아버지의 아들이 아니에요?

아버지　이놈아 넌 애비를 닮지 않고 네 멋대로 생겨 먹어서 그래. 니 어미 년이 머저리 바보였다. 넌 후천적 바보야.

아들　헤헤! (사이) 아버지 손 좀 봐요? 내 손가락은 이렇게 길고 또 새끼손가락은 요렇게 짧고, 울퉁불퉁해서 일이 고르게 안 되는 모양이죠?

아버지　자 봐라! (엄지와 새끼손가락은 다른 한손으로 가리고 세 개만 보여 준다. 끊어진 손가락이 가지런하다. 장난 끼가 다분하다.)

아들　(이해가 간다는 듯) 맞아요, 틀림없어. 아버지 손가락은 쭉 고른데 말야. 내 것은 들쑥날쑥. 이렇게 손가락이 똑같지 않기 때문에 일손이 거칠고, 잘 안 되는 거예요. 아이, 멋도 없다.

아버지   맞다. 그래. 이 밥통아! 하하하.

사이. 아버지는 술을 마시고, 아들은 열심히 짜구질을 계속한다. 이

윽고-

아들   쯧쯧! (혀를 찬다. 또 실패다)
아버지   (벌떡 자리에서 일어나) 저런 밥통 새끼! 또 틀렸지?
아들   헤헤!
아버지   이놈아, 새로 해라! 병신, 머저리 바보 같으니라구.
아들   쬐끔, 요 담배씨만큼 기게 찢혀버렸어, 아버지. 헤헤. 다시,
          잘할께요.
아버지   치수도 새로 재 봐, 이놈아. (다시 자리로 가서 술을 킨다.)
아들   (재 보고) 한자 세치 짜리 밖에 안 되겠는데, 아버지?
아버지   (시들하게) 또 줄어들었구나. 쥐새끼 소금 먹듯 그렇게 자꾸
          줄어들어 가다가는, 종당엔 한 살 먹은 떡 애기한테두 안 맞
          겠다.
아들   헤헤, 그래두 이렇게 딱 맞게, 가지런히 쪽 골라야 돼요. (또
          잰다)
아버지   그까짓 것은 톱을 쓸 것두 없다니, 애초부터 짜구와 대패만
          가지구두 되는 거다.
아들   알아서 내가 잘 할게, 아버지. (손가락으로 겨냥을 해 보다가 손바
          닥을 펴놓고 잠시 들여다본다. 머리를 갸웃거리며 손가락 끝을 가지런히
          맞춰 본다. 다시 톱질)
아버지   세상만사가 다 가지런히 쪽 골라야 하는 법이다. 울퉁불퉁
          하면 못쓴다 이 말씀야. 이놈아? (벌떡 일어선다)
아들   네?

아버지 이놈아, 애비 이 두 다리를 좀 봐라. 만일에, 만일에 한쪽, 그렇지 이쪽 다리가 짧다고 하면, 그땐 애비가 어떻게 되겠니? (우스꽝스럽게 절룩거리는 흉내를 낸다)

아들 헤헤, 한쪽이 짧으면 절룩발이지, 뭐.

아버지 이놈아, 웃지 마. 바로 이것이 진리야. 맞았어. 거꾸로 한쪽이 너무 길어두 그것 또한 안 되는 거지. 또 서울 시내 저 아스팔트도 그렇다. 울퉁불퉁, 온통 길바닥이 자갈밭 투성이라면 말야…

아들 (자랑스럽게) 그때는 물론, 자동차도 사람들두 다닐 수 없습니다. 아주 굉장히 불편할 거예요. 아스팔트길이 저렇게 쪽 고르게 미끈하니까, 따라서 차들이 신나게 멋있게 달릴 수 있는 거예요. (열심히 짜구질)

아버지 그리구, 또 있지. 저기 내다뵈는, 저 산등성이에 들쑥날쑥 아파트들을 봐라 너, 그 머시냐, 질서로 뫼산 자(山) 를 쓸 줄 알제?

아들 그럼요. 자, 보세요, 아버지? 자, 이렇게, 이렇게, 요롷게 - (크게 산자를 써 보인다)

아버지 맞았어. 이 글자도 그렇다. 들쑥날쑥 얼마나 멋대가리가 없냐?

아들 (수긍하고) 헤헤!

아버지 그러니까 우리 목수님들이 좋은 일을 너무 많이 하신다 이거다. 나무를 찍어내서 창틀을 짜고 책상을 만들고 집을 짓구, 이렇게 자꾸 써먹음으로써 산에 나무가 없어져 버린단 말씀야. 점차 차차로, 시나브로 삐쭉삐쭉한 산들이 밋밋한 평지로 돼 간다. 그러면 그때에 가서, 거기다 아파트를 근사하게 지어 봐 쪽 고르게- 요 성냥갑을 가지런히 맞춰서 쌓아

놓듯이 얼마나 아름답고 예쁘게 보이겠느냐 이거다. (술을 킨
다) 이 멍청아, 애비의 말뜻을 알아먹겠냐?

아들　(머리를 끄덕이며) 예, 아버지 말이 다 옳습니다.

아버지　이제는 잘돼 가냐?

아들　헤헤, 문제없어요.

아버지　그래, 잘해 봐라. 머저리 같으니라구. 왜정 때 이놈아, 애비
는 왜놈 병대에 끌려가서 군수공장에 있었다.

아들　아버지는 목수니까 소총 개머리판만 깎았다메?

아버지　38구구식 소총. 밤낮 그놈의 개머리판만 깎아댔다. 눈을 떠
도 개머리판, 눈을 감아도 개머리판. 아무리 오밤중 불빛이
없더라두- 나중에는 미국놈 B29폭격 등살에 전기 불을 몽땅
꺼 버릴 때가 많았지- 그러면 요 손가락 대중으로 얼렁뚱땅
맞추면 그냥 그만이야. 척척, 착착. 그 이튿날 날이 밝아서
보면 눈금 하나가 안 틀린다. 그 많은 개머리판 수백 개가
쪽 고르다. 저 들판에 널려 있는 염생이 똥처럼 하나같이 똑
같지. 두 눈 딱 감고 척척, 착착이야.

아들　(감복하여) 아버지는 두 눈이 봉사가 됐어도 문제없겠네요?

아버지　맞다, 애빈 봉사가 돼두 문제 아니지. 그저 모든 것이 죄다
척척… 꼭 같다. (술을 킨다)

아들　(갑자기) 쯧쯧!

아버지　(발끈하여) 뭣이, 또 틀렸냐? (아들은 얼른 다른 한 개를 가져다 대
본다)

아들　아아, 아니에요.

아들　(아들의 모가지를 두 손으로 움켜쥐고) 요런 머저리! 병신아, 이 바
보놈!

아들　헤헤! 아니야. 꼭 맞아요, 맞다. 모가지 놔요, 아버지. 아이구-

아버지   틀림없어, 이놈아? (풀어 준다)

아들   헤헤, 깜짝 놀랐지. 난 또 잘못 찍혔나 하구- (실눈으로 다시 잰다) 아버지, 인제 딱 한 개 남았어요.

아버지   (다시 시들하게) 옳지, 그래야지. 또 틀렸다만 봐라, 이놈. 요번에는 이놈, 애비가 주리를 틀어 줄게다. 네놈, 가만 안 둬? 허허허. (술을 킨다)

아들   헤헤, 염려 없어요, 아버지. 이젠 다 됐는데, 뭐. 이거 한 개뿐이야?

아버지   그래, 잘해 봐. 손가락들 조심하구-

아들은 일을 하다 말고 또 한 번 손등을 쭉 펴 본다. 고개를 갸웃거리며 손가락 끝을 맞춘다.

아버지   (더욱 술이 취해 간다) 사람의 키도 그렇다. 들쑥날쑥 크고 작고, 어떤 인간은 키달, 또 어떤 놈은 난쟁이. 뚱보, 홀쭉이, 그러니까 세상이 울퉁불퉁…

아들   참말로 맞아요. 그러니까 세상이 시끌시끌, 온통 이 꼴로 뒤죽박죽 아니에요?

아버지   도대체 쪽 고르지가 못해. 틀렸다! 도망간 네 어미년만 해도 그래.

아들   엄마는 아버지보다 훨씬 키가 작았지요?

아버지   내 요 겨드랑 밑에서 팽이처럼 뱅뱅 돌았다. 나하고는 애초부턴 연때가, 도대체가 궁합이 안 맞은 년이야.

아들   (머리를 끄덕인다)

아버지   그러자니 내가 왜놈 병대에 끌려간 새에, 살짝 도망가 버린 것이지. 나같이 기골이 장대하신 장부하고는 살기가 겁나서 말씀야. 죄송스러웠겠지? 허허허. 그래두 난, 지금껏 한 시두 네놈을 요 애비 손에서 안 떼 놔따. 반드시 널 내 잔등에 들쳐 업고서, 팔도 천지 안가 본데가 없어. 명 대목으로 팔려서, 죄다 쫓아다녔다.

아들   저, 전라남도 진도 섬 속에 있는, 진도 국민학교 문짝도 아버지가 짜서 달았잖아요?

아버지   큰 공사판 치고 애비 손 안 간 데가 어디 있냐. 네놈은 호강했지. 팔도강산 구경 잘 하구, 또 그 머시냐, 네가 홀애비 자식이라고 해서, 공사판 각시들이 얼마나 널 위해 준 줄 아니? 네놈을 업어서 자장자장 재워도 주고, 누룽지를 딱딱 훑어 뒀다가는, 십장놈 몰래 냉큼 한 주먹 주워주기도 하고…

아들   헤헤, 그래, 알아요. 이 주먹만 한 눈깔사탕도 얻어먹고- 요렇게 이빨로 탁 깨서는, 내가 물끄러미 쳐다보고 있으면 반 조 각을 싹 나누어 줬어요. 생각나, 아버지. 헤헤. 인제 미구에, 내가 장갈 가면 아버진 맘 편하게 됐어요.

아버지   잘해 봐라. 세상 사람들 키를 꼭 같이 뚜드려 맞춰야만 돼. (마지막 술을 킨다) 술 더 없냐?

아들   (대패를 들고) 그냥 이 대패로 싹싹 문질러서, 쪽 고르게 다 깍아 내야 돼요. 아버지, "시야게"요. "시야게". 헤헤! (다시 짜구질 계속)

아버지   (점점 의식을 잃어 간다. 떠듬떠듬) 이놈아, 일단 정신으루, 잘해봐. 맺고 끊게 쪼 고르게 말야. 옛날 옛날에, 명필 한석봉이가… 벌써 찬바람이 돌기 시작해서, 그 이듬해 춘삼월까지는 대목놈들 일손이 딱 끊어져 버린다. 꽁꽁 얼어붙는 추운 시안에 어느 내 아들놈이 집을 지어? 그러면 그때부턴, 또 삼시세 때 끼니 연명이 난감하다. 네 놈 어미가 한번 살아보

자고 애를 안 썼다고 시방 말을 하면, 이 애비가 요 자리에
서 당장 날벼락을 맞는다. 그러지, 이 서방놈도 임잘 안생각
한 건 아니다! 흐흥! 그 머시냐, 네놈을 첫 새끼로 배고서였
고만. 그 시디신 개살구가 먹고 싶다는 거야. 글쎄 때빠지게
늦가을 10월 상달인데, 풋살구가 어디가 있어? 으윽! 그러자
어떤 왜놈네 집 미닫이 문짝을 죄다 뜯어 고치게 됐다. 한
사흘 일손은 됐지, 아마. 그런데, 그런데 말이어. 그, 그 집
왜놈 여편네가 말씀야. 아 글쎄, 맛이나 한 모금 보라고 매
실주를 한 고뿌, 이렇게 철철 넘치게 그득히 퍼내 왔더라 이
거야. 왜놈들은 그 왜, 그런 술을 잘들 담그지. 딸기술이다,
사과술이다, 모과주 해서 말이다. 그런데 이렇게, 아니 요렇
게 잔을 들고 보자니까, 흐흐. 그 고뿌 밑바닥에가 매실 알
맹이 세 개가 턱 버티고 가라앉아 있질 않겠냐. 참 뜻밖이
지. 야, 희한하더라. 폐일언하고, 이 가슴이 다 팔짝팔짝 두
근두근해. 그 시금털털 시어빠진 매실이 말이어. 우선 먼저,
살짝 그놈 세 알을 요 조끼 주머니에다 냉큼 이렇게 쑤셔 넣
었겄다. 흐흐! 물론 술도 단숨에 쭉 다 마셔 버리고 말씀야.
꿀맛이었지. 네놈 어미 좋아하는 꼴, 참 못 보겠드만. 환장
을 해. 그저 핥아서 먹는 거다. 핥고 빨고 또 머금고, 입속에
다 처넣고는 도시 목구멍으로 넘길 생각을 않더라니. 으윽!
그까짓 매실 세 개를 요리 아끼고 또 저리 아끼고 하면서,
거짓말 좀 보태서 아마 한 달 도 넘게 먹었을 걸? 허허허.
옛날에 옛날에… 서방놈 병대에 끌려 가. 제년 혼자서 어찌
살겄냐? 철때기 없는 네놈새끼는 한사코 밥 달라고 보채 쌌
고 말이어… 으윽! 네놈 어미는 심덕이 고와서, 어디 가서든
지 잘 살고 있을 게다. 내가 그걸 믿는다…

아들   쯧쯧! (또 실패다)
아버지   또 틀렸냐? 엉?
아들   …
아버지   왜… 왜 대꾸가 없지. 또 틀렸어? 엉?

아들은 골똘하여 정신이 없다. 그의 이마에서 땀방울이 송송 배 나온다. 몇 번 헛짜구질을 계속한다. 다음 순간 자기의 왼손을 들여다보더니, 그대로 내려찍고 만다. 비명.

아들   악!
아버지   옛날에 옛날에… 이놈아, 나무를 찍어야지, 그그 머시냐, 그손을 찍어서는 안 돼. 옛날에… 안 된다, 안 돼. 옛날에 옛날에, 명필 한석봉이가 글씨 공부를 하는데… (그대로 잠에 떨어지고 만다)

아들은 되는대로 마구 나무를 찍어 내린다. 흥건히 번지는 피. 아버지의 드렁드렁 코고는 소리-

-막

기둥

최준호 작

등장인물

설계자 (남)
알림꾼 (남)
위원장 (여)
예술가 (여)
노숙자 (남)
상인 (여)

무대 중앙에 천장이 닿을 듯한 큰 기둥이 있다. 화려한 그림이 그려진 이 기둥에는 여러 사람이 잡고 올라갈 수 있는 손잡이가 있다. 기둥 주위에 작업모와 작업복을 착용한 기둥의 설계자, 윗옷 앞주머니에 수첩과 펜을 넣고 있는 알림꾼, 비싼 양복에 지팡이를 허리춤에 찬 위원장, 화려한 의상의 예술가, 무대 구석에 움츠리고 앉아 더러운 천을 감고 있는 노숙자, 포장마차 같은 이동식 가게에서 음식에서부터 건축 재료까지 없는 것 빼고 다 파는 상인이 있다. 노숙자를 제외한 모두가 박수를 치면서 극이 시작된다.

상인　건립을 축하드립니다! 이제야 마음 놓고 장사를 할 수 있겠네요.

알림꾼　인류 역사상 가장 뛰어난 건축물의 탄생을 기리며!

예술가　이런 숭고한 건물을 디자인했다는 건 예술가에겐 최고의 영광이죠!

설계자　감사합니다. 여러분!

위원장　감사드립니다. 친애하는 시민 여러분!

노숙자　(말없이 멍하니 기둥만 바라본다)

박수 멈춘다. 위원장은 관객을 바라보며 무대 가운데로 나온다.

위원장　(기둥을 가리키며) 여러분! 이것은 세상을 받치는 기둥입니다. 우리는 늘 하늘이 내려앉지나 않을까 두려웠습니다. 예언서에는 이 세상의 멸망에 대해 기록하고 있지만, 비유와 상징으로 그 뜻이 모호하니 불안합니다. 언제 닥쳐올지 모르는 공포… 가족을 먹여 살리기 위해 열심히 일하지만 언젠가 쓸모없어지면 잘리지나 않을까? 잘나가는 재담꾼이지만 변하는 시대에 새로운 재미를 더하지 못하면 퇴물이 되지 않을까? 부모님이 감당해온 이 무거운 사회적 책임을 대신 짊어져야 하는데 그때가 언제인가?… 그런데 여러분! 기둥 제작에 참여한 이분들도 이런 불안은 마찬가지였습니다. (등장인물을 가리킨다)

위원장 뒤로 등장인물들 일렬로 선다.

상인   언젠가 경기가 나빠지면 이 장사도 망하는 게 아닐까요?

알림꾼   언젠가 나도 특종을 못 내면 잘리는 거 아니야?

설계자   언젠가 다시는 건물 세울 곳도 없으면 나도 쓸모없겠지?

예술가   언젠간 젊은 신예들이 날치고 올라오지 않을까?

위원장   (관객을 바라보며) 그렇습니다. 언제인지 모르는 그 막연함에서 오는 불안감, 그중에서도 가장 무서운 것은 여기, 바로 우리가 사는 이 공간이 언제 멸망하느냐 하는 것입니다. 따라서 이러한 불안 요소를 미리 막아버리기 위해 이 시 대 최 고의 건축 설계자님께 부탁하여 저 기둥을 만들게 되었습니다. (설계자를 가리키며) 자! 여러분에게 소개해 드리겠습니다.

설계자, 무대 앞으로 나와 위원장과 함께 선다.

설계자   안녕하십니까? 저는 기둥을 설계한 사람입니다. 언제일지 모르는 멸망의 날에 능동적으로 대비하기 위해 저 역시 이 사회의 기둥을 만들자는 발상에 동참 하게 되었습니다. 기둥이 제대로 서야 탄탄한 건물을 세울 수 있고 그러한 건 물 안에서 사람들은 마음 놓고 살아갈 수 있습니다. 인류의 역

사는 기둥과 함께 해온 것입니다. 이러한 기둥 설립에 참여
할 기회를 얻게 되서 너무나 영광 입니다.

위원장, 지팡이로 설계자의 다리를 툭툭 건드린다.

설계자   아! 중요한 것을 빼먹었습니다. 이 기둥을 만들 수 있었던
것은 위원장님의 시 대를 뛰어넘는 탁월한 안목과 아낌없는
후원이 있었기에 가능했던 것입니다. 다시 한 번 위원장님
께 감사드립니다.

나머지 등장인물들 박수 친다.

알림꾼   알림꾼을 대표하여 두 분께 감사의 말씀을 드립니다.

상인   상인을 대표해서 감사드립니다.

예술가   이 땅의 모든 예술인을 대표해서 감사드립니다.

노숙자   (그저 멍하니 기둥만 본다)

위원장   (관객을 바라보며) 여기 계신 분들이 저희 둘만 수고했을 거라
착각하겠습니다. 다른 분들도 한 말씀 하시죠. (상인을 보며)
아주머님부터 하시겠습니까?

상인   에이, 진짜 아무것도 한 게 없어요….

위원장   그럼 다른 분이….

상인   (말이 끝나기도 전에) 저야 뭐, 한 건 없지만 서도… 원래 제 땅
이었던 이곳을 기꺼이 내주고 음식에서부터 건축 재료까지
모든 걸 제공해 주었으니 사실상 제가 없었다면 이 기둥은
세워지지 않았을 거예요. 이 정도입니다.

위원장   뭔가 앞뒤가 맞지 않는 것 같지만, 하여튼 감사합니다. 다음

은….

알림꾼 (말이 끝나기가 무섭게 무대 앞에 선다) 안녕하십니까! 전….

위원장 지목하지도 않았는데 나오셨군요.

알림꾼 (부끄러워하며) 죄송합니다.

위원장 아닙니다. 계속하시죠!

알림꾼 감사합니다. 여러분! 전 이곳 소식을 널리 알리는 알림꾼입니다. 단순히 소식만 알리는 것이 아니라 좋은 일이 있으면 그것을 지지하고, 고쳐야 할 나쁜 일이 있으면 그 원인을 밝혀서 정의를 구현하는 일을 하고 있습니다. (상인과 예술가를 보며) 아주머니께서 기꺼이 지원해주시고 예술가님께서 적극적으로 디자인해주신 것도 다 제가 이곳저곳 뛰어다녔기 때문이라 할 수 있습니다.

예술가 나 원 참! 마치 자기가 없었으면 이 기둥도 없었다는 식으로 말하는군.

알림꾼 아, 그런 뜻은 아니고 나름 이 일에 공로가 있었다는 말입니다.

상인 그거야 우리 모두 마찬가지지요.

알림꾼 (의기소침하여) 그렇기야 하지만….

위원장, 알림꾼과 나란히 무대 앞에 선다.

위원장 더불어 제가 한 말씀 드리겠습니다. 알림꾼님은 이곳저곳에서 반대가 심해 난항을 겪을 때 기둥 건축의 필요성에 대해 자세히 알려주어 지지 쪽으로 여론을 바꾸어 놓았습니다. 아주머님이나 예술가님과 마찬가지로 알림꾼님도 이 건물의 탄생에 있어 없어서는 안 될 큰 힘이 돼 주셨습니다.

알림꾼　(감동하여) 감사합니다! 위원장님.

위원장　앞으로도 좋은 소식을 널리 알려주시길 바랍니다.

알림꾼　예! 오늘 준공식부터 바로 알리겠습니다.

위원장　아, 아직….

알림꾼, 급히 퇴장한다.

위원장　말이고 행동이고 반 박자 빠르신 분이군요. 그럼 마지막 분을 소개하겠습니다.

예술가　(도도하게) 애초에 순서라는 게 있었나요? 왜 하필 저를 꼴찌로 소개합니까?

설계자　이보시오! 그게 위원장님 잘못인가요?

위원장　즉흥적으로 이루어진 순서다 보니 저도 어쩔 수가 없었네요.

예술가　그것도 위원장님의 능력이죠. 그렇게 사람들이 멋대로 행동해서야….

위원장　그럼 준공식을 이만 끝내도록 하겠습니다.

예술가　(얼른 무대 앞에 선다) 안녕하세요. 전 이 기둥을 디자인한 예술가입니다. 여러분! 인간에게 가장 중요한 것이 무엇이라 생각하나요? 과학기술? 물론, 중요 합니다. 하지만, 과학만이 미덕이라고 생각한다면 인간은 그저 동물보다 생활 능력이 나은 또 다른 동물일 뿐입니다. 철학적 사고를 하고 스스로 창조할 줄 아는 예술적 정신! 바로, 이것이 있기에 인간은 인간일 수 있는 것입니다.

설계자　(예술가에게 다가가) 이봐요! 과학자로서 이견이 있습….

위원장　(지팡이로 설계자를 가로막는다) 논쟁하자고 모인 자리가 아닙니다.

설계자   하지만!

상인   그래요. 예술이냐 과학이냐 하는 문제는 준공식이 끝나고 두 분이 하세요.

설계자   (풀죽어) 예, 알겠습니다.

예술가   여러분! 앞서 말씀드린 바와 같이 이 기둥은 단순한 방패막이 아닌 또 하나의 창조적 예술품입니다. 설계자님이 지적하신 대로 인간이 살아감에 있어 기둥이 필수적인 것이라면 그것을 더욱 아름답게 해주는 예술이 결합하여 위대한 작품으로 다시 탄생한 것입니다. 예술과 과학은 하나이지 결코 남남이 아닙니다.

일동 박수. 물론, 노숙자는 그저 멍하니 보기만 한다.

상인   과연 예술가라서 그런지 말은 멋지게 잘하시네요.

설계자   마지막 말은 그럭저럭 공감이 가는군.

위원장   예술과 과학은 하나다! 좋은 말씀입니다. 마지막으로 기록을 남기도록 하죠.

예술가   기록이라니요?

위원장   각자 자신의 상징을 기둥에 걸어 놓읍시다. 우리가 합심해서 건설한 기둥이니 마땅히 그러한 증거를 남겨야 하지 않겠습니까?

설계자   그거 좋죠! 무엇으로 할까… 그렇지! 전 이 작업 모자로 하겠습니다. 제 인생에 있어 분신 같은 것이니까요. (키 정도 높이의 손잡이에 걸어 놓는다)

상인   난 국자로 해야지! (국자를 들고) 이걸로 여러분에게 음식을

제공하였으니 이 국자가 일등 공신이야. (역시 자신의 키 높이
쯤에 걸어 놓는다)

예술가   나는 뭐가 좋을까…? (팔짱을 끼고 곰곰이 생각한 뒤) 여기 있는
기둥 자체가 제가 참여한 증거이니 이것만으로도 충분할 것
같군요.

위원장   저는 늘 들고 다니는 이 지팡이로 하겠습니다. 기둥을 최초
기획하고 건설비용 을 모은 것도 바로 저이고 이 지팡이와 함
께 했으니 가장 높은 곳에 걸도록 하지요. (기둥 끝까지 올라가
지팡이를 걸고 내려온다) 그럼, 이것으로 준공식 을 마치겠습니
다.

노숙자를 제외한 일동 박수. 노숙자는 어이없단 듯이 피식 웃는다.

위원장   (관객을 향해서) 마지막으로 투자자분들께 감사의 인사를 올리
겠습니다. (노숙자를 제외한 일동, 정중한 인사를 한다) 준공식에
참석해 주셔서 다시 한 번 감사드립니다. 자! 이제 막을 내
리도록 하죠. 여러….

노숙자   잠깐!

그동안 방관하던 노숙자, 감고 있던 천을 내 팽개치고 일행에게 다
가간다.

위원장   댁은 누구 신지?

노숙자   여기사는 노숙자… 시작부터 계속 저 끝에 있었는데 보지도
못했소?

위원장   원래 사물이고 사람이고 관심을 안 두면 안 보이는 법입니

다. 더군다나 당신은 기둥을 만드는데 아무런 수고도 하지 않았으니 더 안보였죠. 사회에 생산적인 존재가 되지 않으면 노숙자님께선 앞으로도 계속 안 보일 것입니다.

노숙자 지랄하고 있네!

설계자 뭐?! 빌어먹는 주제에 감히! (노숙자에게 달려들려 하자 위원장이 말린다)

위원장 진정하시죠.

설계자 위원장님, 하지만….

위원장 노숙자님께서 스스로 생산적인 사람이 되려고 노력만 한다면 언제든지 이 사회는 열려 있습니다. 그런 세상을 만들기 위해 저 같은 사람이 있는 거죠. 직업훈련소나 공장 등 몇 군데를 소개해 줄 테니 하루빨리 생산적인 존재가 되시기 바랍니다.

노숙자 (사이를 둔 뒤 의미심장하게) 당신들은 내가 저 기둥 만들 때 나를 못 봤나?

설계자 (의아한 표정으로) 기둥 만드는데 참여했소?

노숙자 (설계자에게) 기둥 속 칠흑 같은 어둠 속에서 작업모에 전구 하나 의지하고 당 신의 설계도대로 부품을 맞췄지. 오늘이 며칠인지, 밖의 세상은 어떻게 돌아가는지, 낮인지 밤인지도 모르게 일했건만, 어찌 댁들은 날 모르나?

위원장 이거 아주 생산적인 일을 하셨던 분을 몰라봤군요. 설계자님, 우리가 어째서 이분을 못 봤을까요?

설계자 기둥 안에서 일한 사람이 어디 한둘 인가요? 어떻게 일일이 기억합니까?

노숙자 그래. 못 하겠지. 난 작업모에 박힌 꼬마전구 같은 존재였으니까.

예술가 꼬마전구 같은 존재?

노숙자 그래, 꼬마전구. 그곳에서 나오는 조그만 빛에 의지하며 일
했지. 지금은 아무도 몰라주지만 언젠가 기둥이 완성되면
그 가치가 환하게 빛나 기둥 안뿐 아니라 밖의 세상도 비추
겠지 했어. 하지만, 세상은커녕 기둥 안의 내 자신을 비추기
도 전구의 빛은 너무나 초라하더군. 내 인생의 어둠처럼….

예술가 (박수를 치며) 뛰어난 시적 표현입니다!

설계자, 언짢은 듯 딴 곳을 바라본다. 위원장은 나름 흥미 있다는 표
정으로 노숙자의 말을 들은 뒤 동정 어린 표정을 지으며 그에게 다
가간다.

위원장 듣고 보니 매우 일리가 있는 말씀이군요. 어두운 곳에서 일
하는 사람의 고충을 명색이 위원장이라는 자가 미처 모르고
있었습니다. (고개를 숙이며) 이곳을 대표해서 직접 사과를 드
립니다. 노숙자님,… 아니 아니 이젠 다르게 불러야겠군요.
어떻게 부르면 되겠습니까?

노숙자 그냥 노숙자.

위원장 예, 그리하지요. 노숙자님의 상징을 하나 기둥에 걸어 드리
겠습니다.

노숙자 (퉁명스레) 그런 거 관심 없어!

설계자 그럼 대체 뭐 때문에 분위기를 흐려 놓는 거야!

노숙자 알려주어야 할 게 있지.

위원장 알려주어야 할 것? 그것이 무엇인가요?

노숙자 기둥 안 부품 일부에 문제가 있어. 대형 사고로 이어질지도
몰라.

일행 웅성거린다. 퇴장했던 알림꾼 다시 등장

알림꾼 방방곡곡 기둥 설립에 관해 알렸습니다. 언제 올지 모르는 세상의 종말 이젠, 온데간데없습니다. 자! 여러분의 인터뷰만 잡지에 실으면 되겠군요! (심상치 않 은 분위기를 파악하고) 저기…무슨 일이라도 있나요?

예술가 기둥 안에 문제가 있다내요. 나야 외부 디자인만 했으니 상관없지만….

상인 (노숙자에게 기분 나쁜 어조로) 제 부품이 잘못되었다는 거예요?

노숙자 부품 간에도 제대로 조화가 이루어지지 않고 설계도에도 문제가 있지.

설계자 이거 진짜 듣자 듣자 하니 가관이구먼. 기둥과 조화가 어째? 직접 설계한 내가 부품 간의 조화를 잘 알지 설계도나 보고 부품이나 끼운 당신이 뭘 알아?

노숙자 그런 식으로 따지면 부품을 직접 맞추고 잘 작동하는지 현장에서 확인한 내가 잘 알지 제대로 보지도 않고 설계 그림에만 의존한 당신이 뭘 알겠어!?

예술가 그거 말 되는군요!

설계자 말이 되긴 뭐가 돼! 당신 누구 편이야?

예술가 딱히 누구의 편은 아니죠. 예술이란 네 편 내 편 가르는 게 아니라 다양한 색 깔이 공존하는 거니까요. 다만, 논리적으로 설계자님보다 노숙자님의 말이 맞 는 거 같아서 한 말입니다.

설계자 노숙이나 하는 한심한 놈이 논리는 무슨 논리!

노숙자 노숙하는 사람은 논리도 없다는 당신 말이 더 논리를 밥 말아먹는군!

설계자   뭐라고! 이 자식이! (노숙자에게 달려들려 하다가 열심히 수첩에 무
         언가를 적고 있는 알림꾼을 보고) 적긴 뭘 적어 이 사람아!

알림꾼   그냥 현재 일어나는 사실 그대로만 적고 있을 뿐입니다. 하
         던 거 계속하세요.

설계자   그럼, 내가 달려가서 한심한 놈 두들겨 패면 그것도 적으려
         고?

알림꾼   예! 그러니 안심하고 하던 일 계속하시면 됩니다.

설계자   젠장…. (흥분을 가라앉히고 노숙자에게) 그래, 그렇게 잘난 인간
         이 왜 노숙은 하시나 그래?

위원장   아니, 그전에 기둥 안을 조립하셨다는 게 확실합니까?

노숙자   기록을 찾아봐. 당신네들 뭐든지 기록 남기는 거 좋아하잖
         아!

위원장   어디 한번 찾아보죠. (윗옷 안주머니에서 사전 크기의 명단을 꺼낸
         다)

설계자   어휴~! 아주 소설책 한 권이구만. 그야말로 이놈 저놈 다
         할 수 있는 거로군.

노숙자   그래! 그 못난 이놈 저놈이 기둥 안을 전부 만들었다! 니들
         잘난 놈 대신에….

위원장   두 분 다 조용히 하세요. (명단을 뒤지며) 노숙자님 성함이….

노숙자   그늘!

위원장   그늘, 그늘, 그늘 어디 보자… 여기 있군요. 이름도 그늘이
         라 존재감이 없었나 봅니다.

위원장의 말에 모두 조소에 가까운 웃음

노숙자   그래… 이름 같은 인생이었지. 명단에 있는 녀석들 모두가

그늘이야. 하지만, 그 무수히 많은 그늘이 있어 너희도 타 죽지 않았던 거야.

위원장 방랑시인 같습니다. 말씀 하나하나가 모두 명불허전이군요.

설계자 (비꼬면서) 자, 다시 본론으로 돌아가서… 근데, 왜 지금은 노숙하고 있지?

노숙자 기둥 안에 문제가 있다고 감독관에게 보고하니 뭉개버리더군. 그래서 아예 당 신에게 직접 보고하려 하자 가차없이 잘린 거야.

예술가 그런 파렴치한 짓을 하다니!

위원장 그건 잘못된 것 같습니다.

설계자 아니, 이 사람들이…. 제가 만든 설계도가 저 별 볼일 없는 놈의 허무맹랑한 지껄임만도 못하다는 말입니까?

상인 그런 건 아니지만 바른 소리 한다고 자르는 건 너무 했지요. 이 기둥을 만들기 위해 열심히 일했는데 억울하지 않겠어요?

설계자 내가 저런 말단을 어떻게 다 관리합니까? 그런 문제야 감독관 책임이지.

예술가 그럼 감독관이 잘못했다는 이야기인가요?

설계자 (말을 더듬으며) 그건 또 아니지 말입니다. …내가 직접 선발한 감독관인데 감독관이 잘못했으면 내가 뭐가 되냐 말이죠.

알림꾼 그 누구의 책임도 아니면 대체 누구 책임이죠?

설계자 책임은 무슨 놈의 책임! 기둥 안에는 아무런 문제없어요. 그냥, 저놈이 헛소리 하는 거라니까!

위원장 노숙자님에게는 죄송하지만, 저 역시 차라리 헛소리였으면 좋겠군요.

노숙자 정, 그렇게 못 믿겠으면 해답은 간단하지.

알림꾼   (호기심 어린 표정으로) 간단한 해답이라니 뭡니까?

위원장   지금 상황이 매우 난감한데 해답이 있다니 다행입니다.

예술가   디자인이 다 바뀌거나 하는 건 아니겠죠?

상인   제가 제공한 부품에만 문제없다면 만사 오케이지요.

설계자   해결책은 무슨! 이봐요! 이 양반들아! 애초에 문제 자체가 없어요!

노숙자, 갑자기 기둥 한가운데에 있는 손잡이를 잡아당기자 내부로 이어지는 문이 열린다. 놀라는 일동. 기둥 안은 칠흑 같은 어둠이다.

위원장   이거 신기한데요? 기둥 안으로 통하는 문이 있을 줄이야!

예술가   거기다 이렇게 깜깜할 줄은 꿈에도 몰랐어!

상인   여기에 제 부품들이 조립되어 있단 말이지요?

설계자   체! 기둥 안에서 일한 건 맞나 보군. 당연히 내부로 통하는 문이 있지.

노숙자   안 보이는 곳은 관심이 없으니 방금 전까지 이 통로가 보이지 않았던 거야.

설계자   뭔 소리야?

위원장   노숙자님의 말씀이 맞습니다. 우리는 모두 상식적으로 기둥 안이 존재한다는 것은 알고 있죠. 그러나 웅장한 기둥 외부에 압도되어 보이는 곳에만 관심이 쏠리다 보니 이 기둥을 지탱해주는 내부를 망각해 버린 것입니다.

알림꾼   저 역시 이 소식 저 소식 알리러 다녔지만 이렇게 내부가 존재한다는 것은 깜박하고 있었습니다. 그나저나 굉장하군요. 이렇게 칠흑같이 어두울 줄이야.

노숙자, 바지춤에서 전구 다섯 개를 꺼내 일동에게 나누어 준다. 모두 의아한 표정

알림꾼   뭔가요? 이게?

노숙자   꼬마전구, 보면 몰라?

위원장   노숙자님, 우리는 이게 전구인지 알사탕인지도 구별 못 하는 문외한이 아닙니다. 다만, 이 전구를 왜 주시는지가 궁금한 거죠.

예술가   아! 전 무슨 뜻인지 알겠어요!

상인   무슨 뜻이 있나요?

예술가   그럼요. 노숙자님은 지금 일종의 행위 예술을 하는 겁니다.

설계자   행위 예술? 건 또 뭔 소리요?

예술가   전구는 빛을 밝히는 도구임과 동시에 생각의 발견을 뜻하는 상징성이 있지요. 그동안 우리가 잊고 지냈던 기둥 안의 어둠을 보여주고 이 전구를 나누어 줌으로써 세상에는 화려함과 더불어 슬픔도 공존한다는 것을 잊지 말라는….

노숙자   어쭈! 꿈보다 해몽이 좋다더니만….

일동 비웃고, 예술가는 무안한 표정

알림꾼   세상에 알릴 거리가 점점 늘어나고 있네요! 오늘 아주 대박 났습니다.

설계자   (알림꾼을 한심하다는 듯 쳐다보며) 자네, 참 대단해!

알림꾼   (궁금한 표정) 네? 뭐가요?

상인   백날 말해도 몰라요, 이 인간! 특종 있으면 알릴뿐이지. 언젠가 제가 여기저기 기둥 건립을 지지해 달라고 음식이랑

뭐 그런 거 좀 돌렸는데 그것까지 일일이 알려서 뇌물이다 뭐다 이상한 소문이 퍼져 아주 골치 아팠어요.

알림꾼   그게 뭐 잘못되었나요?

설계자   아니, 잘못됐다기보다 융통성이 없어 하는 말일세.

알림꾼   그럼 계속 융통성이 없어야겠군요. 그래야 이 소식 저 소식 솔직하게 알릴 수 있으니까 말이죠.

설계자   (화를 내며) 말을 못 알아먹는 거야?! 아니면 못 알아먹는 척 하는 거냐?

위원장   (갑자기 큰 소리로 위엄 있게) 노숙자님!

일동, 일제히 위원장을 쳐다본다.

위원장   (노숙자에게 다가가 전구를 들고 말한다) 이걸로 말하고자 하는 바 가 무엇입니 까? 보상을 원하시면 그에 합당한 보상을 해 드 리겠습니다.

상인   저도 라면에서부터 로켓까지 다 파니 하청업체를 하나 알려 주겠어요.

예술가   그래요. 이곳은 다양한 사람들이 서로 돕고 공존하는 곳입 니다.

알림꾼   (수첩에 현재 상황을 열심히 적으면서) 참으로 따듯한 광경이군요!

설계자   (분위기를 파악하고 어쩔 수 없이) 재취직을 원하면 그리해주겠 네.

노숙자, 전구가 장착된 작업모를 쓰고 통로 앞에 선다. 그리고 손가 락으로 칠흑 같은 기둥 안을 가리킨다.

노숙자   (아주 큰 소리로 다그치듯) 들어가 봐! 어둠, 어둠을 봐!

일동, 두려워 한발 짝 물러선다. 위원장도 강건한 태도는 사라지고
두려움이 가득하다.

노숙자   (더 큰 소리로 절규하듯) 들어가! 들어가라고! 그 전구를 켜고 들
        어가서 봐! 뭐 가 문제인지!, 너희들! 아니, 우리가 그토록 오
        랫동안 지켜온 저 안을 좀 봐! 왜, 그렇게 어두운지! 그 어둠
        속에 뭐가 있는지 똑똑히 보라고! 직접 보면 알 거 아니야! 내가
        안내할 테니 들어가 보라고!…

일동, 부르르 떨며 한 발짝 더 물러난다. 모두 온몸이 경직되어 있다.

노숙자   어서 들어가! 확인해 보란 말이야!
위원장   (딱딱하고 경직된 말투) 안 돼!
상인   안 돼요!
예술가   안 돼!
설계자   안 돼!
알림꾼   안 돼!

일동, 노숙자에게 다가가 전구를 돌려준다. 웃기기도 하고 애처롭기
도 하다.

노숙자   왜!… 들어가는 것조차 못하는 거야?!
상인   너무 어두워요.
위원장   보기 싫어… 반드시 현장을 봐야 할 필요는 없어! 이해만 하면

돼!

설계자 문제가 있으면 안 돼!

예술가 이건 예술적이지 않아!

노숙자 무슨 헛소리야?!

위원장 문제가 있으면 이걸 기획한 내 체면이 말이 아니야!

설계자 설계한 내 위신이 말이 아니야!

알림꾼 여기저기 선전한 내 꼴도 말이 아니야!

상인 부품이 잘못되면 이걸 다 제공한 저도 말이 아니지요.

예술가 디자인한 내 입장도….

위원장, 기둥 문을 아예 닫아 버린다. 일동, 무언가에 취한 듯 기둥 위를 바라본다.

위원장 통로, 소통… 아니, 문 같은 건 존재하지 않아!

상인 애초부터 없었어요.

알림꾼 눈에 보이는 기둥만 존재했던 거야.

설계자 뭐 어떻게든 잘 되겠지.

예술가 아름답기만 하면 돼.

노숙자 에라이! 너희 마음대로 해라! (작업모를 기둥 손잡이에 건다) 여기, 니들이 좋아하는 기록이 있다. 버리든가 국을 끓여 먹든가 알아서들 해!

노숙자, 원래 있던 곳으로 가서 천을 덮고 다시 잔다. 일동, 초기에 화기애애한 분위기로 돌아간다.

위원장 자! 그럼 마지막으로 인사 한마디씩 올리도록 하죠.

알림꾼 (관객을 보며) 이 영광스러운 곳에 계신 여러분도 영광이 있길 바랍니다.

상인 라면에서부터 로켓까지 다 파니 돈 있으면 언제든지 오세요.

설계자 이 기둥이 미래의 불안감을 모두 없애줄 것이니 걱정하지 마십시오!

알림꾼 예술과 과학이 공존하는 미래는 밝습니다. 여러분, 희망을 품으세요!

위원장 자! 이것으로 준공식을 마치겠습니다. 참여해주신 여러분 감사합니다!

위원장의 폐회선언이 끝남과 동시에 별안간 기둥 안에서 무언가 부서지는 소리가 요란하게 들린다. 당황하는 일동, 노숙자는 계속 잔다.

알림꾼 이, 이게 무슨 소리죠? 마치 하늘이 깨진 듯한….

설계자 기둥 안에서 들렸는데, 설마….

더욱 크게 울린다.

예술가 (설계자를 부여잡고) 이봐요! 아무 문제없다고 했잖아요!

알림꾼 (상인에게 달려가) 부품에는 문제없다고 하지 않았습니까?!

상인 (부르르 떨며) 제, 제 부품은 이상 없어요! (설계자를 가리키며) 저 사람이 설계를 잘못해서…

설계자 우, 웃기는 소리! 싸구려 부품을 줘 놓고서 누구한테 책임 전가야!?

위원장 (당황하다가 곧바로 평상심으로 돌아가) 아하~! 이거 난감하게 되었습니다.

계속되는 굉음. 위원장을 제외한 일동, 노숙자에게 다급하게 다가간
다. 위원장은 기둥 손잡이를 잡고 신속히 자신의 지팡이가 있는 곳
으로 올라가기 시작한다.

설계자   (잠에 취한 노숙자를 흔들며) 여보게! 어떻든 해봐! 내, 내가 잘못
했네!

예술가   선생님, 우리 모두 살아야 하지 않습니까?

상인   전, 무엇이든 없는 게 없습니다. 원하시는 게 있으면 뭐든지
드리겠습니다!

알림꾼   살려주십시오. 선생님!

노숙자   (잠이 덜 깬 상태로 일어나 성질내며) 아아! 귀찮아! 이 인간들, 확
인해 보랄 땐 안 하고… 솔직히 네놈들도 예상했던 결과잖
아!

알림꾼   너무 갑작스레 일어나니….

예술가   맞아요. 준공식이 끝나자마자 망가질 줄 누가 알았겠습니
까?

노숙자   애초, 언제 올지 모르는 불안을 없앤다는 발상 자체가 말도
안 되는 것이었어. 문 열고 들어갈 용기조차 없는 놈들이 무
슨 불안감을 없애겠나? 니들 양심이 죽으니까 저 혐오스런
기둥도 고장 난거야! (다시 누워 천을 덮는다) 에이, 지저분한 것
들! 잠 좀 자자. 차라리 잠 좀 자게 나 둬!

아비지옥. 위원장, 기둥 꼭대기에 있는 지팡이를 챙겨 내려와 어디론가
가려 한다.

설계자 위원장님! 뭐하시는 겁니까?

위원장 지팡이를 가져갑니다. 이런 실패작에 제 기록이 남아서는 안 되죠.

예술가 그럼, …이제 우리는 어떡하죠?

위원장 뭐, 알아서들 하시죠. 전 새 터전으로 가서 다른 기둥을 기획하러 가야 합니다.

알림꾼 저희를 버리시는 겁니까?

위원장 전 애초부터 당신들을 거두어들인 적도, 버린 적도 없습니다. 모든 것이 여러 분의 선택에 달렸던 것이지요. 함께 가시겠습니까?

설계자 이 기둥은 바로 저예요! 기둥을 부정하는 건 저 자신을 부정하는 것입니다!

상인 제 부품이 잘못되었다고 인정하는 순간 저도 끝나요!

예술가 제 예술품을 두고 못 떠나요! 위원장님 제발 방안을 마련해 주세요!

위원장 히히! 이래서 인간이 재미있습니다. 목숨만큼 두려운 것이 그동안 이루어 온 과거의 흔적, 그 기둥을 잃는 것이죠. 알림꾼님도 마찬가지십니까?

알림꾼 저 역시 이 기둥에 모든 걸 걸어서….

위원장 불쌍한 양반들… 집착의 뿌리가 깊으면 그만큼 고달픈 것입니다.

위원장, 객석을 가로질러 관객이 들어온 문으로 향한다.

위원장 (중간쯤에서 관객을 둘러보며 뻔뻔하게) 뭘, 그렇게 보십니까? 댁들도 우리와 함께 방관하고 있었으면서… 아니면, 저 기둥으로 들어가시겠습니까?

문 열고 나가는 위원장. 일동, 혼비백산하다 일제히 기둥의 손잡이를 잡고 신들린 듯 위로 올라간다. 올라가면서 기존 기록들은 발에 채어 다 떨어진다. 끝 부분까지 올라가 절대 추락하지 않기 위해 손잡이를 미친 듯 부여잡은 그들의 표정에는 결코 포기할 수 없는 집착이 깃들어 있다. 노숙자 깨어난다.

노숙자 (기둥을 쳐다보며) 아! 이거 한두 번도 아니고… (포장마차로 가서 어떤 부품을 꺼낸다) 없긴 개뿔이 없어! 한심한 것들… (기둥 통로 앞에 선다) 제발, 정신들 차려! 제발!… (땅에 떨어진 작업모를 눌러 쓰고 기둥 안으로 들어간다)

-막

요한을 찾습니다

이현화 작

때

이스터 이브

곳

응접실

나오는 사람

청년　　(27세)
여인　　(25세)
식모　　(17세)
의사　　(50세)
간호원　(23세)
어머니의 소리　　(등장 않고 소리만 들린다)

무대

베란다의 커다란 유리창을 통해 밀리 성당의 첨탑이 내다보이고 'R'의 현관과 'L'의 층계가 짙은 놀에 젖어 아늑한 조화미를 이루고 있다.

성당에서 들려오는 아련한 코러스와 함께 막이 오르면…

식모 (코러스를 따라 흥얼거리며 청소하고 있다)

…구속된 형제자매여

즐겨 용약하자

주 예수 부활하셨네

알렐루야 용약해 알렐루야

여인의 소리 (이층에서) 얘, 복녀야.

식모 네, 아씨?

여인의 소리 병원에서 아직 전화 안 왔니?

식모 경찰에서도 아직 안 왔어요. (혼자) 벌써 몇 번째나 묻는 거야?

여인의 소리 혹시 전화 오거든…

식모 네, 네, 알고 있어요. 즉시 바꿔 드릴게요. (혼자) 도대체 병원엔 누가 입원한 걸까? 그리고 경찰서라… (갸우뚱하며) 뭐가 뭔지 알 수 없는 집안이란 말야. (성모상의 먼지를 털며)

…가슴에 받은 그 상처

즐겨 용약하자

천국에 드는 문이라

알렐루야 용약해 알렐루야

여인의 소리 얘, 복녀야.

식모 네, 아직 안 왔어요.

여인의 소리 너도 이젠 성가 솜씨가 제법이구나.

식모 암은요. 서당개 몇 년에 뭐 어쩌구 하는 거 있잖아요? 헤헤…

여인의 소리 얘, 물은 다 데웠니?

식모   조금 있어야 돼요.

여인의 소리 어른 목욕하실 물은 미리 미리 준비해야지.

식모   (혼자) 그 나이면 한창인데 반신불순 또 뭐람. 주인 영감도
             어지간히 무던하시지. 늦바람 한 점 없으시니…. 그게 신앙
             이란 것일까?

             (성모상을 닦으며)

             …거룩하시고 인자하신

             우리 성모 마리아

             사랑하오신 우리 어머님

             우리 위해 빌으소서

             성모여…

             (걸레질을 멈추고) 아씨!

식모   아뇨, 성모 마리아상에 땜질한 흔적이 많네요? 아주 박살이
             났던 모양이죠?

여인의 소리 넌 그런 거 몰라도 돼.

식모   새로 들여오시지 구질구질하게 땜질은 또 뭐예요?

여인의 소리 시끄러.

식모   괜히 신경질이셔. 그러시다 아프신 분 깨어나시면 어째요?

여인의 소리 조상 때부터 내려오는 성모상이 뭐 스커트인 줄 아니? 마
             구 갈아치우게….

식모   (심통이 나) 누군가 미련두 하다. 부숴버릴 테면 아주 가루로
             만들 것이지….

여인의 소리 뭐라구?

식모   아네요. (성가를 계속한다)

             …위안이시며 안식이신 자

             동정 성모 마리아

우리 기구 네게 올리니
우리 위해 빌으소서
성모여…

현관에서 벨소리 울린다.

여인의 소리 전화 왔나 보다.

식모 (짜증이 나) 아니라니까요. (문을 연다)

청년 (불쑥 들어와 두리번거린다)

식모 (의아해서) 어떻게 오셨죠?

청년 (무시한 채 성큼 들어와 소파에 앉는다)

식모 아, 병원에서 오셨나요?

청년 병원?

식모 전화 거신다던?

청년 이 댁 아들 지금 집에 있소?

식모 아들?

청년 (혼자) 녀석 이젠 아주 멋쟁이가 됐겠군. 원래 틀이 곱상했으
니까….

식모 이 집엔 여자들뿐인데요.

청년 뭐요?

식모 옳아, 경찰서에서 오셨군요?

청년 (당황하며) 뭐, 경찰서?

식모 …?

청년 경찰서라…!

식모 그럼…?

청년 저, 혹시… (두 손을 모으며) 이렇게 손에 채우는….

식모 수갑 말이에요?

청년 그렇소. 바로 그 수갑 같은 걸 지닌 사람이 드나들진 않소?

식모 이거 보세요.

청년 아마 사복을 했을 거요.

식모 도대체 누굴 찾아오셨죠?

청년 아, 요한이란 이 집 아들을 찾아 왔소.

식모 요한?

청년 세례명이라더군요.

식모 잘못 찾으셨습니다, 집을.

청년 그럴 리가…?

식모 요한인가 뭔가 뉘 집 강아지 이름인지 모르지만, 이 집엔 전부 여자뿐이란 말이에요. 주인 영감을 빼놓곤….

청년 (비로소 알았다는 듯 빙그레 웃으며) 아, 전 경찰서에서 온 사람이 아니오.

식모 (화가 나) 이거 보세요.

청년 같은 감방에서 고생을 나눈 친굽니다. 안심하고 만나게 해 주시오.

식모 나 참 기가 막혀서…

청년 그 녀석 내가 찾아왔다면 당장 뛰어 내려올 거요.

식모 글쎄 집을 잘못 찾으셨다니까요.

청년 (안타까운 듯) 허허, 왜 이렇게 눈치가 없을까? 안심하라니까요. 난 형사 나부랭이가 아니란 말요.

식모 빨리 나가요!

여인의 소리 애, 복녀야, 누가 오셨니?

식모 네, 웬 미친 사람이…

청년 (벌떡 일어나며) 뭐라구?

식모	(놀라 뒷걸음치며) 어머!
청년	(눈을 부릅뜨고 다가간다) 나보고 미쳤다구?
식모	(겁에 질려 층계 위로 달아난다)
청년	(혼자) 나보고 미쳤다구? 하하… 아가씨, 나하고 함께 남산 드라이브나 하실까? 하하하… (문득 웃음을 그치고 층계 위를 노려본다)
여인	(층계를 내려오다 주춤 놀라서며 긴장한다)
청년	(정중하게) 실례합니다.
여인	…?
청년	처음 뵙겠습니다.
여인	(낮게) 처음이라구요?
청년	현이라 불러주십시오.
여인	(서글퍼져) 네, 알고 있어요.
청년	(반가와) 아, 요한이 제 얘길 했군요?
여인	(낮게) 요한이 얘기를?
청년	허긴 그 녀석 항상 저밖엔 친구가 없노라고 말해왔으니까요.
여인	(어이없어) 요한과 친구라구요?
청년	네, 같은 감방에서 고생을 나눴죠.
여인	(기가 막혀) 감방에서…?
청년	하, 부끄럽습니다. 그만 실수를 저질러 감방엘 들어갔었죠.
여인	(허탈하게) 부끄러울 일 하나 없는 사람이….
청년	허긴 누구나 죄인이 안 될 자신은 있어도 죄인의 누명을 안 쓸 자신은 없는 법이니까요.
여인	요한, 요한한텐 부끄러울 일 하나 없어요.
청년	네, 알고 있습니다. 허지만 수갑이 채워졌을 땐 어차피 죄의

부끄러움을 느끼기 마련이니까요.

여인 죄, 죄, 죄… 왜 자꾸만 죄란 단어를 되뇌죠?

청년 죄인이니까요.

여인 요한, 요한은 죄인이 아니에요.

청년 형사한테는 그렇게 말씀하셔야 되죠.

여인 (울먹이며) 왜, 자꾸만…

청년 저 역시 그렇게 말씀하셔야 되죠.

여인 (울먹이며) 왜, 자꾸만…

청년 저 역시 그렇게 증언하겠습니다.

여인 (마음을 고쳐) 차 드시겠어요?

청년 우선 요한을 만나고 싶군요.

여인 … (말머리를 못 찾는다)

청년 아하, 안심하시라니까요. 요한과 저 사이의 우정엔 배신이 있을 수 없습니다.

여인 (눈물이 괸다)

청년 (은근히) 전 수갑 같은 것이나 감추고 다니는 못난이가 아닙니다. 안심하셔도 돼요.

여인 커피로 하실까요?

청년 왜, 요한이 어디 나갔나요?

여인 얘, 복녀야.

청년 곧 돌아오겠죠?

여인 … (말이 궁하다)

청년 곧 돌아올 수 있을까요?

여인 (젖은 목소리가 떨린다) …물론, 물론이죠. 곧 돌아오고말고요.

청년 (활짝 피며) 아 드디어!

여인 기쁘세요?

청년 드디어 내가 요한을 찾을 수 있다니….

여인 (울음이 복받쳐) 찾을 수 있고말고요. 꼭 요한, 꼭 요한을 찾으세요. 요한을…

식모 (청년을 경계하며) 부르셨어요? 아씨.

여인 (헝클어진 표정을 감추며) 응, 커피 끓여와.

청년 (식모에게 여자 음성으로) 아가씨 참 핸섬하시네요. 저와 함께 남산 드라이브나 하실까요? 하하…

여인 (식모에게) 어서.

식모 네. (갸우뚱하며 주방으로)

청년 어째서 딱 잡아뗐죠?

여인 뭐를요?

청년 저 아가씬 요한을 전혀 모른다던데요?

여인 (무심히) …그럴 수밖에요.

청년 이 집에 들어온 지 얼마 안 되나 보죠?

여인 요한, 요한도 쟤를 모르고 있으니까요.

청년 같은 집에서 안 사나요, 요한이?

여인 (맹랑한 대화를 깨닫는다) …

청년 오랫동안 어디 출장이라도?

여인 출장, 출장, 출장… (알 수 없는 여운을 남긴다)

청년 멀리 갔군요?

여인 … (수습이 막연하다)

청년 아니면 가까운 곳에?

여인 네, 아주 가까운 곳에….

청년 호, 그럼 제가 왔다고 찾아오십시오.

여인 요한은 당신 말이 찾을 수 있어요.

청년 제가요? (이해가 안 간다)

여인　(끄덕이며) 꼭 찾아 주세요, 어서, 어서….

식모　(커피포트와 잔을 테이블 위에 갖다 놓고) 아씨, 전 이층에 가보겠
어요.

여인　물이 더웠든?

식모　찬물을 좀 섞어야겠어요. (퇴장)

청년　이층에 누가 계십니까?

여인　(당황을 못 감추며) 집안 어른께서 목욕을….

청년　(일어서며) 아, 그럼 인사를….

여인　(황망히 제지하며) 아, 아니, 괜찮습니다. 몸이 불편하셔서….

청년　그렇다면 더욱….

여인　(막아서며) 기동을 못하시기 때문에….

청년　(마지못해 앉으며) 그거 참 안됐습니다.

여인　커피 드세요.

청년　(한 모금 마시고) 그 녀석 참 재밌는 놈이었습니다.

여인　누가요?

청년　누구긴, 요한 말입니다.

여인　아….

청년　처음 입감해 들어왔을 때 이름을 물으니까, 요한입니다, 하
잖겠어요? 야, 이 새끼야, 김치 족속 이름에 그 따위 게 어딨
냐고 두들겨 팼더니 실컷 얻어맞은 후에야 엉금엉금 기면서
세례명입니다. 하하…

여인　요한, 요한을 때렸다고요?

청년　(끄덕이고) 그 녀석 이상한 버릇이 있었죠. 감방장한테 발길로
채일 때면 늘 (흉내 내서) 젬마, 젬마, 난 죄를 지은 걸까? 난
정말 죄인이 된 걸까…?

여인　(가늘게 떨리는 목소리로) 젬마! …

청년 왜 그러시죠?

여인 아, 아닙니다.

청년 제가 실언을 했나요?

여인 (일말의 희망을 느낀다) 계속하세요.

청년 …?

여인 젬마라는 이름은 기억하시는군요.

청년 그 녀석은 잠꼬대로도 젬마를 불렀습니다.

여인 무척 사랑했었으니까요.

청년 젬마라는 여자도 요한을 사랑했나요?

여인 물론이죠. 영원히 요한만을 생각할 거예요.

청년 죄를 진 몸이래도?

여인 (신경질적으로) 요한은 죄인이 아니라니까요!

청년 요한이 부럽군요.

전화벨 울린다.

여인 (수화기를 들고) 여보세요? …아, 서장님이세요?

청년 …! (아연 긴장한다)

여인 네, 네, …네, 알고 있어요.

청년 (낮게) 저… 경찰서입니까?

여인 (송화기를 막고) 편히 하세요.

청년 거 왜 꿈길 사납게 수갑 다루는 녀석들하고 연락을 갖죠?

여인 (수화기에 대고) …아, 네, 네, 잘 들립니다. 그런데 이젠 수고 안 하셔도 되겠어요. 네, 최 박사님 추측이 적중했어요. 네, 네, 저희 집에…. 괜찮아요. 네, …제가 전화하죠 뭐. 네, 안녕히 계십쇼.

청년	(노려보며) 설마 고발하신 건 아니겠죠?
여인	고발요?
청년	그것이 얼마나 어리석은 짓인가 스스로 잘 아실 텐데?
여인	고발당할 만한 일이 도대체 뭐라 생각하고 계신 거예요?
청년	물론 저야…
여인	결백하시단 말씀이겠죠.
청년	아니라고 생각하세요?
여인	천만에. 당신은 고발당할 만한 아무런 혐의도 없는 사람이에요.
청년	허지만…
여인	허지만?
청년	사복 녀석들이란 으레 불문곡직하고 불쑥 영웅이나 된 기분으로 수갑을 꺼내 채우기 마련이거든….
여인	안심하세요.
청년	물론 안심할 수 있죠. 저야 탈옥을 도와준 것뿐이니까요.
여인	안심하세요.
청년	물론 안심할 수 있죠. 저야 탈옥을 도와준 것뿐이니까요.
여인	탈옥?
청년	도와준 사람을 고발한다면 탈옥한 사람은 안 끌려갈 줄 아십니까? (사뭇 협박조다)
여인	대체 누가 탈옥을 했다는 거죠?
청년	(언성을 높여) 시치미 떼지 마쇼. 저한테는 그 따위 얕은 수단이 안 통할 걸요. 전 다 알고 있으니까요.
여인	다 알고 계시다고요?
청년	사실 요한이 탈옥했던 건 젬마라는 여자에게 따지고 싶었기 때문이죠.

여인   따질 만한 뭣이 있었을까요?

청년   사랑은 확인을 요구하니까요.

여인   결혼 이외에 더 완결한 확인이 있을까요?

청년   녀석은 묻고 싶었던 거죠. "젬마, 난 정말 어쩔 수 없는 죄인 이 되어 버렸나봐, 젬마, 날 버리지 않겠어? 죄인이 돼버린 날 사랑해줄 수 있겠어?"

여인   요한, 요한은 죄인이 아녜요.

청년   (조소) 아니라구요?

여인   몇 번 되풀이해야 믿으시겠어요?

청년   녀석은 제 어머니를 죽게 한 살인자란 말요!

여인   어쩜 저런 끔찍한 망상을… (울음으로 변한다)

청년   흥, 망상이라구요?

여인   소름이 끼쳐요.

청년   전 다 알고 있습니다. 요한이 저에게 모두 고해하고 탈옥에 협조를 청했으니까요. 전, 하아얀 가운을 걸친 간수장이 순 찰을 마치고 돌아가고 미처 문이 걸리기 전 간수의 하아얀 캡을 벗겨 입을 틀어 막았죠. 그 틈에 요한은 문을 열고 달 아났고…. (강조되는 "하아얀"이란 억양에서 백색에 대한 증오 같은 것을 느낄 수 있다. 그것은 공포에서 비롯된 역반응일는지도 모른다)

여인   (하얀 테이블보를 신경질적으로 긁고 쥐어뜯는 그의 긴 손톱을 안쓰럽게 응시한다)

청년   …전 체포당하더라도 검사 앞에 떳떳이 진술하겠습니다. 난 단지 요한이 측은해서, 아니 오히려 기다리고 있는 젬마라 는 여자를 동정해서 탈옥을 도와준 것뿐이라고-. 법에는 정 상의 참작이라는 여유가 있으니까요.

여인   치밀한 착각이군요.

청년	착각이라구요? 좋습니다. 증거란 언제든지 발견되기 마련이니까요.
여인	증거…
청년	꼭 찾아내고 말겠습니다.
여인	아… (악몽을 지우려는 듯 머리를 흔든다)
청년	(수그러져) 허지만 너무 염려는 마십쇼. 제가 체포당하지 않는 한 요 한을 끌고 들어가지는 않겠습니다.
여인	(한숨어린 시선을 돌린다) ….
청년	(득의에 차 너그럽게) 요한은 젬마라는 애인을 가진 장래가 있는 녀석 이니까요.
여인	(쓴 웃음을 흘린다) ….
청년	젬마라는 아가씰 만나볼 순 없을까요?
여인	그러고 싶으세요?
청년	네, 꼭.
여인	(엷은 희망) 왜요?
청년	요한은 내 친구고, 젬마라는 아가씬 요한의 애인이니까요.
여인	(안타깝다) ….
청년	질문에 답이 안 됐습니까?
여인	젬마를 만나면 알아보시겠어요?
청년	말로만 들어서야 어디…
여인	젬마라는 이름은 기억하시면서….
청년	예쁘다고만 합디다. 방울새처럼 귀엽고-. 당신처럼 말요. 하하…
여인	제 얼굴을 보세요.
청년	(? 하며 시선을 모은다)
여인	(기대를 갖고) …생각해 보세요. 비 오던 날 밤, 성모상 앞에

서…

청년　(차츰 시선에 열을 띤다)

여인　(재촉하듯) 당신은 갑자기 돌아섰어요.

청년　(시선이 흐려지며 천천히 손을 올려 여인의 뺨을 어루만진다)

여인　(눈을 감는다)

성당의 코러스 들려온다.

청년　(귀에 거슬리는 듯 찌푸리며) 동생 되십니까?

여인　(눈을 뜨고) …동생?

청년　젬마라는 아가씨의…, 아니 요한의 동생이겠구만.

여인　…! (일어서 서성거린다)

청년　(코러스가 지피는 듯 찡그린다) ….

식모　(물그릇을 들고 등장, 피하듯 이층으로 간다)

청년　젬마라는 아가씰 불러주세요.

여인　… (뭔가 말하려다 막힌다)

청년　요한과 젬마는 어릴 적부터 같이 자랐다고요?

여인　한 집에서 살았으니까요.

청년　같은 집에서?

여인　고아였어요.

청년　요한이 고아였다구요?

여인　요한?

청년　그럼 요한이 죽게 하였다는 어머니는?

여인　무슨 생각을 하고 계신 거예요?

청년　그럼 젬마가?

여인　(끄덕이고) 폭격 때문이었잖아요. …요한의 집에서 놀다 돌아왔을 때, 폐허가 된 집터엔 기둥만큼이나 부푼 다리가 널려져 있었고 한참 떨어진 곳엔 그 다리의 머리가 굴러 있었죠. 그것이 아버지란 걸 알 수 있었던 건 양미간에 박힌 안경테 덕분이었고, 허물어진 돌담 밑에서 엄마의 시체가 발견된 건 며칠 후였죠.

청년 그때부터 젬마는 요한의 집에서 살게 되었군요?

여인 처음엔 무척이나 큰 괴로움이었어요.

청년 아니, 요한네. 집에서 학대를…?

여인 천만에.

청년 두 집안의 환경이 너무나 판이했었군요?

여인 생활의 정도가 아니라 양식이었죠. 조상 적부터 독실한 가톨릭 집안이었으니까요. 형식, 형식, 형식…야생마처럼 자란 젬마에겐 힘에 겨운 고역일 수밖에 없었어요.

청년 허지만 젬마라는 이름은?

여인 물론 요한의 집에서 자라며 받은 세례명이죠.

청년 아, 생각이 납니다.

여인 (귀가 번쩍 띄어) 생각이 난다고요?!

청년 점점 커가며 요한은 어느 새 젬마에게 사랑을 느끼게 됐죠?

여인 (반가와) 네! 그건 젬마 역시….

청년 허지만 불가능했습니다.

여인 (그의 시선의 변화를 주시하며) 오랫동안 친 오누이처럼 자라 왔대서?

청년 거야 장점일 수도 있죠.

여인 (어떤 실마리를 유도해내려는 노력이 역력하다) 그럼 부모의 반대였나요?

청년 반대라기보다 요한의 어머니는 그가 신부로서 성직생활에

지향할 것을 요구했죠.

여인　(희망을 느낀다) 허지만 요한 역시 신학을 전공한 건 자신의 의지에서였어요.

청년　자신의 의지가 아니라 조상 적부터 내려오는 전통의 숙제였겠지.

여인　피동적이라기엔 너무도 성실한 신앙인이었어요.

청년　성실과 습관은 혼동되기 쉬운 거니까.

여인　그건 저만의 느낌은 아니었어요.

청년　허기야 본인 역시 그 당시는 자신이 성실한 신앙인이라 착각하고 있었으니까.

여인　그런데 아니었단 말씀입니까?

청년　회의를 느끼기 시작한 신앙인의 타락이 얼마나 가속적으로 초래되는지 상상하실 수 있습니까?

여인　(이지러지는 표정이면서도 넘치는 기쁨을 읽을 수 있다)

청년　가공할 속도였습니다. 거듭 밀어닥치는 타락의 물결, 물결….

여인　(자제하는 기쁨 속에) 시련이었겠죠, 타락이 아니라….

청년　시련?

여인　누구에게나 시련은 홍역처럼 찾아오기 마련이니까요.

청년　왜 웃으시죠?

여인　네?

청년　비웃으시는군요.

여인　아, 아닙니다. 충분히 수긍이 가는 말씀이었습니다.

청년　그러실 겁니다. 저 역시 수긍했었으니까요.

여인　네?

청년　감방 속에서 요한이 그런 얘기를 했을 때 전 눈물을 흘렸었습니다.

여인	…! (혼자) 아니었군요. (심한 좌절을 느낀다)
청년	만나보고 싶습니다.
여인	….
청년	요한이 그토록 입방아찧던….
여인	네?
청년	젬마라는 아가씨 말입니다.
여인	젬마… (입이 탄다)
청년	연락이 안 됩니까?
여인	…. (창밖을 내다본다)
청년	혹시 요한과 함께…?
여인	네, 지금 요한과 함께 있습니다.
청년	항상 그렇게 붙어 다니나요?
여인	네, 항상 곁에… 어디 있거나 마음은 한 곳에….
청년	(혼자) 어서 결혼을 해치울 것이지….
여인	결혼요?
청년	오히려 늦었죠, 그 나이엔….
여인	결혼식 생각 안 나요?
청년	결혼식?
여인	성당에서….
청년	성당?
여인	베드로 신부님 앞에서 요한과 젬마는 영원히 사랑을 변치 않겠다고 맹세하던….
청년	아니, 요한이 결혼을 했단 말씀입니까?
여인	그게 이상한가요?
청년	설마 그럴 리가…

여인　못마땅한 결혼이었을까요?

청년　(어이없다) 하, 그 녀석 나도 몰래 뚝딱 해치우다니…

여인　당신도 알고 있단 말이에요!

청년　네? 제가 뭘 알고 있단 말씀입니까?

여인　(이성을 잃고 울음을 터뜨린다) 거짓말이에요. 모두가 거짓말투성
　　　이에요. 저를 속이시는 거죠? 네? 대답 좀 하세요. 엉엉 우는
　　　제 등을 쓰다듬으며 "이런, 바보처럼 울긴, 미안해, 농담이었
　　　어" 그리고 크게 웃으실 속셈이죠?

청년　(물끄러미 바라보며) 어디 편찮으십니까?

여인　(원래의 자세로 돌아와 진정하고) …그렇게밖엔 믿을 수가 없군
　　　요.

청년　커피라도 드시죠. (커피를 타준다)

여인　(억제하며) 생각해 보세요. 혼배성사가 있던 그 맑은 날 하늘
　　　을…, 그리고 축복 속의 환한 미소들을….

청년　성당에서의 결혼이라…

여인　떠오르세요?

청년　(웃음을 누르며) 결국 신이란 일생 두 번밖에 필요찮은 악세서
　　　리에 불과하지.

여인　대답해 주세요.

청년　결혼식과 장례식에 종교란 양념이 곁들이지 않음 프로그램
　　　이 맹숭맹숭하거든…하하…

여인　(창밖으로 시선을 옮긴다. 더욱 짙어진 노을-)

청년　사실 신이란 고대 미개인들의 졸작품일 뿐 아니겠소?

여인　신의 졸작품이 인간이라는 역설이 성립할 수도 있겠군요.

청년　졸작품이라기엔 너무나도 오묘한 기계란 말요, 인간의 생식
　　　기관이-. 하하하…

여인	(창밖을 가리키며) 들어 보세요. 저 희미한 코러스가 흘러나오는 곳이 어딘지 아시겠어요?

여인　(창밖을 가리키며) 들어 보세요. 저 희미한 코러스가 흘러나오는 곳이 어딘지 아시겠어요?

청년　(눈을 가늘게 뜨며) …성당 아닙니까?

여인　가보신 적이 있는 것 같잖습니까?

청년　저 성당엘?

여인　하얀 돌층계를 한참 오르면 이윽고 성모상 앞에 이르게 되는…, 항상 잔잔한 미소로 반겨주는 마리아의 석고상….

청년　아, 네….

여인　(반기며) 기억하시겠어요?

청년　…비가 내리던 밤이었을 거예요. 촉촉이 목덜미를 적셔주며 흩뿌려지던 빗줄기들….

여인　맑은 하늘 아래 꽃가루가 뿌려지고, 여기저기서 들여대 오던 카메라들…, 그리고 귓전을 때려오던 환호성과 박수소리…. 지금도 들려오는 것 같잖아요?

청년　분명히 밤이었어요. 넓은 뜰에 도열해 있는 나무들 사이로 지친 듯 나른하게 졸고 있던 가로등의 뿌연 후광….

여인　…저녁 미사였군요.

청년　미사가 끝나 우리는 문을 나서고 있었죠.

여인　우리?

청년　선뜻하게 목덜미를 적셔오는 습기에 우리는…

여인　(유도한다) 왜 우리라는 복수를 쓰죠?

청년　네?

여인　방금 우리라고 말씀하셨는데요?

청년　우리…

여인　곁에 누가 있었을까요?

청년　네, 있었습니다.

여인　(재촉하듯) 누구였나요?

청년　… (괴롭게 머리를 흔든다)

여인　항상 곁을 떠나지 않던…

청년　아, 네, 곁에서 요한이 제 팔을 붙들었죠.

여인　(허물어지듯) 요한…!

청년　우린 서로 레인코트의 깃을 올려주며 까르르 웃었죠.

여인　(다시 기력을 모아) 젬마는 동행 아니었나요?

청년　젬마?

여인　요한이 미사에 참석할 젠 늘 젬마와 함께였는데요?

청년　아시다시피 전 아직 젬마라는 여잘 한 번도 만나본 적이 없는데요?

여인　… (입술이 파르르 경련한다)

청년　우리가 웃음을 그쳤을 때 문득 가로막아서는 것이 있었죠. 빗속에 흠뻑 젖은 성모상의 초라한 모습-. 마리아의 뺨에 흘러내리는 빗물이 어쩌면 그렇게도 두 줄기의 눈물처럼만 보여 졌을까요?

여인　….

청년　그것은 성스러움이 아니라 너무나도 인간적인 한 여인의 고독한 모습이었소.

여인　(이상스러울 만큼 열을 띠는 그의 시선을 염려스럽게 쫓는다)

청년　(꿈길을 걷듯 다가서며) 난, 난, 그 헝클어진 마리아의 자세에서 연민을, 아니 갈증, 갈증을 느꼈던 거요. 그때 흐느적대던 빗줄기, 빗줄기… (후렴처럼 되뇌며 그녀의 몸을 더듬는다)

여인　(아무런 저항 없이 그의 애무를 받아들인다)

청년　난, 난, 갑자기 돌아서 곁에 있는 그를 껴안아 버렸지. 똥그렇게 커지던 두 눈…파르르 떨리던 입술…물결치던 가슴의

감촉…

여인 곁에 있던 사람이 요한이었다면서…?

청년 요한…!

여인 여자가 있었던 거예요.

청년 여자, 여자…머리가 아파.

여인 젬마, 젬마를 생각해 보세요.

청년 (화풀이하듯 그녀의 가슴을 뜯어 헤친다)

여인 아.

청년 (헤쳐진 그녀의 가슴에 머리를 기댄다. 뭔가 중얼거리며-)

여인 (그의 흩어진 머리를 쓰다듬으며 엷은 흐느낌. 이윽고 서로의 격렬한 포옹. 목마른 입술이 서로를 찾는다)

다시 들려오는 코러스.

청년 (벌떡 일어서며) 저 청승맞은 소리-!

여인 (자세를 가다듬는다)

청년 도대체 당신은 누구요?

여인 …?

청년 요한의 동생! 허지만 처음 만난 처지론 너무 친숙한 것 같단 말야. 부부이기나 한 것처럼 애무가 전혀 어색치 않거든….

여인 남의 애기하듯 하는군요.

청년 당신은 뭔가 숨기고 있어. 예쁜 껍질 속에 날카로운 눈초리를 번득이고 있단 말야. 뭔가 캐내려고-.

여인 아녜요.

청년 흥, 첫째, 당신은 내가 요한과 만나는 것을 꺼리고 있소. 둘째, 만나본 적도 없는 젬마라는 여자와의 추억을 강요하고

있소. 그리고 당신의 어투는 유도 심문하는 검사조로 기분
을 잡치게 한단 말야.

여인　오해예요, 그건. 전, 단지…

청년　오해라구? 이젠 날 놀릴 셈이군요?

여인　너무해요, 그럴 수가….

식모　(빨랫감들을 들고 층계를 내려오며) 아씨, 과일이라도 가져올까요?

여인　(애써 태연한 체) 응, 주스도 아직 남아 있지?

식모　네. (주방으로 퇴장)

청년　성스러워야 할 올마이티에 대한 회의가 신앙인에게 있어선
얼마나 큰 충격인가 상상할 수 있겠습니까?

여인　(끄덕이고) 현재 제 자신이 그런 위치에서 방황을 시작했으니
까요.

청년　그것은 타락의 시초이기도 했습니다.

여인　타락이라 생각하세요?

청년　어차피 죄인의 세계로 떨어졌으니까요.

여인　이상하게 느껴지지 않으세요?

청년　죄를 짓는다는 건 역시 타락이랄 수밖에 없잖을까요?

여인　간혹 열을 띠는 당신의 말 속엔 요한과 당신이 어느 샌가 일
인칭 단수로 혼합되어지고 있다고 느껴지지 않으세요?

청년　(찌푸리며) 요한….

여인　(눈치를 살피며) 마치 동일인처럼 말입니다.

청년　동일인이나 다를 바 없는 일심동체의 사이였지만 그날 저와
요한은 헤어질 수밖에 없었죠.

여인　그날 헤어졌다구요?

청년　요한은 갑자기 울음을 터뜨리고 뛰어가기 시작했죠. 어디를
가느냐 쫓아가 물었더니 "죽으러 가는 사람에게 어디 가느

냐고 물으면 뭐라 대답해야 할까?" …그리고 나무들 사이로
사라졌죠.

여인   죽으러 간다고?

청년   (끄덕이고) 그만큼 요한에게 있어선 커다란 충격이었으니까
요. 이십오 년 간 쌓아 온 신앙의 탑이 한순간 허물어져 버
리는….

여인   허지만 살아 있잖아요?

청년   범죄를 저지른다는 건 그에게 있어서 하나의 죽음이 아니었
을까요?

여인   죽음에 비유될 만한, 아니 저질렀다고 할 만한 아무것도 요
한에겐 없어요.

청년   살인보다 더 큰 범죄가 또 있을까요?

여인   왜 그런 어마어마한…

청년   설마 부인은 못 할 겝니다.

여인   (안타깝게) 언제까지 이러실 셈이에요?

청년   증거를 꼭 밝혀내고 말 테니까요.

여인   네, 꼭 밝혀내세요. 그것이 망상이었다는 증거를….

청년   망상이라구?

여인   깨끗하고 선량한 요한의 이름 위에 왜…

청년   선량하다구?

여인   미워해야 할 사람도 미워할 줄 모르는…

청년   (폭발하듯) 하하하…

여인   어머?

청년   녀석은 제 어머니를 죽게 한 흉악범이란 말요!

여인   닥쳐요!

청년   닥치라구?

여인　…미안해요, 흥분해서. 너무 엉뚱한 얘길 하시기에….

청년　엉뚱하다고요? 원하신다면 녀석의 상세한 죄상을 털어드리죠.

여인　듣고 싶지도 않아요.

청년　들으셔야 됩니다. 이건 감방에서 녀석이 가장 괴로울 때 고해한 것이니 그 순수성을 충분히 신빙할 만할 겁니다.

식모　(과일과 주스를 담은 쟁반을 들고 등장) 레몬이 없어서 믹서로 애플주스를 만들었어요. (커피포트와 잔들을 정리해 들고 퇴장)

여인　(과일 칼로 껍질을 벗긴다)

청년　(살기어린 빛을 내뿜으며 여인의 손에서 번뜩이는 과일칼을 노려본다)

여인　주스 먼저 드세요.

청년　(컵을 들고) …녀석은 술이 먹고 싶었던 거죠.

여인　네?

청년　성모상 앞에서의 쇼크를 지우는 덴 술이 최적이라고 요한은 판단을 내렸던 거예요.

여인　또 그 얘기….

청년　술이 있을 만한 곳을 찾아 온통 집안을 뒤졌습니다. (컵을 술잔처럼 놀리며) 다락문을 열었습니다. 아, 그 어두운 구석에 도사리고 앉아 노려보던 시뻘건 책 한 권-. (컵을 비우고) 바이블이 그처럼 무서워 보이긴 그때가 처음이었습니다. (침을 삼키고) 붓글씨가 쓰여져 있었습니다. '나는 항상 네 곁에 있나니라….'

여인　어머니의 글씨였을 거예요.

청년　(손에 든 컵을 바이블인 것처럼 노려보며) 글씨들이 문득 벌레처럼 꼼틀꼼틀 기어오기 시작했죠. (진저리치며) 팔을 타고 건너와 내 가슴팍을 쏙쏙 파고 들어올 것 같은… 아! (비명을 지른다)

발밑에 깨어지는 컵. 소파에 머리를 파묻는다)

여인   …! (일어선다)

청년   (머리를 든다. 물기에 젖은 시선이 번쩍 빛을 띤다) …비명을 듣고
어머니가 뛰어 나오셨죠. 근질근질하게 손바닥을 간지럽혀
오는 바이블을 층계 밑으로 집어 던졌습니다. 그리고 뛰어
내려가 발로 짓밟고, 밟고, 밟고… (분노 같은 것이 서린다) 갑자
기 머리에 부딪치는 것이 있었죠. 하아얀 마리아상이었습니
다. 가련하다는 듯, 측은하다는 듯 잔잔히 입술에 맴도는 비
웃음-! (눈을 부릅뜨며) 머리로 받아 버렸죠. 발로 차고, 옆의
화분으로 내려치고, 밟고, 밟고, 밟고…

여인   (뺨이 젖는다) ….

청년   정신을 차렸을 때 길게 바닥에 쓰러져 있는 어머니를 발견
할 수 있었죠.

여인   그래서 어머니가 돌아가셨다고 생각하세요?

청년   원래 고혈압으로 고생하시던 터에 충격을 받아 뇌 속의 혈
관들이 몽땅 터져버린 거죠.

여인   허지만…

청년   허지만…?

여인   돌아가시지 않았다면?

청년   설마?

여인   그 설마가 사실이었다면?

청년   당신, 미쳤소?

여인   차라리 제가 미쳤다면 좋겠어요.

청년   연기가 훌륭하군.

여인   당신의 치밀한 거짓말이 훌륭하듯이….

청년   이젠 날 거짓말쟁이로까지 취급하는 거요?

여인　오히려 그랬으면 얼마나 좋겠어요.

청년　녀석은 그 후 밀어닥치는 두 명의 사복에게 수갑을 받았다
　　　　고 분명히 고해했어.

여인　다른 사람 얘기 같군요?

청년　오히려 첨엔 반겼지요. 녀석은 정신적 피난처를 차라리 감
　　　　방 속에서 찾으려 했던 거죠. 그것이 얼마나 어리석은 착오
　　　　였는가 이튿날 곧 깨닫게 되었지만. (과일칼을 들고 날에 서리는
　　　　싸늘한 서슬을 즐기는 듯한 표정이다)

여인　(불안스럽게 바라본다)

청년　(쟁반 위의 과일을 쿡쿡 찌르며 어떤 쾌감에 히히 웃는다)

갑작스런 전화벨 소리 크게 울린다.

여인　(혼자 낮게) 깜짝야. (전화 쪽으로 가 수화기를 들려 한다)

청년　(황망히 제지하며) 받지 마쇼.

여인　왜요?

청년　경찰서일지도 몰라요.

여인　그렇담 더욱 받아야죠.

청년　똥개 녀석들이 냄샐 맡고 있단 말요.

여인　구태여 안 받는다면 오히려 더 이상하잖아요?

청년　… (망설인다)

여인　어서 이 팔 놓으세요.

청년　고발이 어리석은 짓이란 건 아시겠죠?

여인　그럴 리가.

청년　난 당신의 오빠 요한을 끌고 들어갈 테니까.

여인　(수화기에 대고) 여보세요?

청년　　녀석은 제 어머니를 죽게 한 존속 살해범이거든.

여인　　아, 네, 아버님이세요?

청년　　아버님?

여인　　네, 조금 전에…. 경찰서에서 연락받으셨군요.

청년　　(긴장하며) …?

여인　　네, 아직은 별일 없어요. …제가 전화하죠 뭐. 아녜요, 제가
　　　　하겠어요. …네, 네. (끊는다)

청년　　아버님이라니…?

여인　　강의 마치시고 전화하신 거예요. (수화기를 들고 다이얼을 돌린
　　　　다)

청년　　어디다 걸 셈이오?

여인　　… (언뜻 마땅한 대답이 없다)

청년　　끊어!

여인　　(머뭇거리며) 연락할 곳이 있어서…

청년　　끝내 이해를 못하는구먼.

여인　　경찰서가 아녜요.

청년　　안 돼! 내 손에만 수갑이 채워질 줄 알아?

여인　　…저, …요한에게 걸어야겠어요.

청년　　요한?

여인　　젬마도 같이 있을 거예요.

청년　　(풀어져) 곧 오라고 할 수 있겠소?

여인　　전화하면 곧 뛰어올 거예요.

청년　　암, 그래야죠. 내가 왔다는데…하하…

여인　　(다이얼을 다시 돌린다)

청년　　(혼자) 녀석 많이 변했을 거야.

여인　　…아, 여보세요?

청년　나왔습니까, 요한이?

여인　…아, 바로 최 박사님이시군요? 네, 접니다.

청년　최 박사?

여인　…자세한 말씀을 드리기가 거북하군요. 네, 최 박사님 추측이 적중했습니다. 지금 집에….

청년　요한을 바꿔 달라고 하십시오.

여인　…별 이상은 없구요. …네, 네, 기다리겠습니다. (끊는다)

청년　오라고 했습니까?

여인　젬마도 같이 오도록 전하겠대요.

청년　…부러울 만한 커플일 겝니다.

여인　사과 드세요.

청년　(칼에 만신창이가 된 사과를 든다) 저한테도 아가씨가 있었습니다.

여인　이거 드세요. (벗긴 사과를 내민다)

청년　방울처럼 귀엽다고 해서 애령(愛鈴)이란 이름이었죠.

여인　애령!

청년　왜 그러십니까?

여인　… (그의 안색을 살핀다)

청년　아시는 분입니까?

여인　제 이름이에요.

청년　애령이란 이름이?

여인　어려서 부르던 세례 전의 이름이죠.

청년　아니 이럴 수가….

여인　당신의 이름이 현이듯 하나도 이상할 게 없죠.

청년　(일어서며) 머리가 왜 이렇게 쑤시지?

여인　많이 아프세요?

청년　골속에서 왕벌이 주정을 하고 있는 것 같아요.

여인　담배 피우시겠어요? (테이블 위의 담배통에서 꺼내 권한다)

청년　(받아 피워 물고 서성거린다)

식모　(수건, 빗 등등 화장도구를 들고 등장, 이층으로 올라갈 셈이다)

청년　아가씨.

식모　또 남산 드라이브 가잔 얘기에요?

청년　하하…속지 마쇼. 차가 멎었을 땐 이미 늦은 거요.

식모　(심통이 나) 아씨, 아직 멀었어요?

여인　어서 올라가 봐.

식모　차라리 제 일을 도와주세요. 괜히 애꿎은 시간만 낭비…

여인　어서 올라가 보라니까!

식모　(불만스럽게 층계 위로 올라간다)

청년　(올라가는 식모의 몸을 훑으며) 결국 계집이란 지극히 보드라운 장난감에 지나잖는 게 아닐까요?

여인　대답이 필요하세요?

청년　애정, 사실 그 화려한 낱말 역시 생식작용을 위한 워밍업이니까. 덜 익은 작가 나부랭이들이 흔히 가슴이 찌르르 하는 전기를 느꼈다느니, 눈길이 마주쳤을 때 아찔하며 온몸이 굳어오는 충격이 튀었다느니 하고 너주레하게 지껄이는-. (자신의 수다가 스스로 우스운 듯) 하하…결국 별 신비란 게 없는 생리작용이구만.

여인　자신의 경우에도 그런 비유를 끌어대시겠어요?

청년　그럼 당신의 경우는 예외라 생각하세요?

여인　모독이에요.

청년　아, 하긴 애정이란 사춘기 소녀의 일기장에서나 미화될 수 있는 거니까.

여인 과학으로만은 해석할 수 없는 귀여움이란 것이 있잖을까요?

청년 귀여움….

여인 아름다움이랄 수도 있겠죠.

청년 소녀의 첫 번 멘스보다 더 귀엽고 아름다운 게 있을까요?

여인 …?

청년 뭔가 두려우면서도, 만일 신이란 게 정말 있다면 옷자락을 붙들고 왜 이래야만 되느냐고 항의하고픈 엷은 분노-. 그러면서도 뺨을 물들여오는 수줍음을 어쩔 길 없는…하하…

여인 ….

청년 (성모상을 가리키며) 난 저 마리아를 볼 때마다 이런 생각을 해보죠. '만일 저 마리아에게 멘스가 있다면 얼마나 귀여울까?'

여인 거룩한 성모에게 그런 야비한 폭언을 삼가세요.

청년 뭐 거룩하다고? (성모상을 두들기며) 사생아를 낳은 음녀를 고대 미개인들이 동정녀란 어처구니없는 패설로 미화시켰단 말요.

여인 어쩜 저런 어린애 같은 유치한 말씀을….

청년 (성모상을 쓰다듬으며) 입가에 흘리고 있는 저 잔잔한 미소 속엔 음녀의 앙큼한 위선이 숨겨져 있거든….

여인 그만, 그만하세요.

청년 아!

여인 …! (성모상을 노려보는 그에게 아차 하는 불안을 느낀다)

청년 바로 이거요. 증거를 찾았단 말요. 요한이 때려 부쉈던 이 흔적들-!

여인 …. (망연히 섰다)

청년 이래도 부인하시렵니까?

여인 …. (말이 막힌다)

청년	제 어머니를 죽게 한 요한의 흉악한 범죄 사실을….
여인	아녜요.
청년	뭣이? 아니라고?
여인	오해예요.
청년	(와락 여인을 움켜쥐며) 그럼 저 증거들을 어쩔 셈이오?
여인	그건…
청년	제가 그렇게 호락호락 혼자만 수갑을 찰 줄 아십니까?
여인	진정하세요.
청년	좋소. 요한의 어머니 무덤 앞에 끌어다 놓으면 아무리 강심장이라도 부인하진 못하겠지.

앰뷸런스의 사이렌 소리 다가온다.

여인	(들으며) 무덤이 있을 리 없죠.
청년	아니 저 소린…
여인	….
청년	속였구나!

급정거하는 앰뷸런스.

청년	(과일칼을 집어 여인의 가슴에 대며) 끝내 경찰에 고발했구나!
여인	(의식적으로 태연하게) 요한과 젬마가 온 것인지도 모르잖아요?
청년	백차의 사이렌 소리가 들렸어.

다가오는 발소리.
이윽고 벨-.

여인   문을 열어야죠.

청년   (낮게, 그러나 강하게) 조용히 해. 떠들면 찌를 테요.

여인   요한이 이 꼴을 보면 얼마나 웃겠어요?

청년   요한?

    다시 한 번 벨 소리-.

여인   더욱이 젬마가 보면…

청년   시끄러! (문 뒤로 끌고 간다)

    또 울리는 벨-.

여자의 소리 (노크 소리와 함께) 여보세요.

여인   들어봐요, 젬마 목소리예요.

청년   여자 경찰일지도 몰라.

여인   제가 물어볼 게요. (암시 주듯) 요한 씨죠?

남자의 소리 (알아차리고) 아, 네, 요한입니다.

청년   (낮게) 남자 목소리 아냐?

여인   젬마씨도 오셨죠?

여자의 소리 네, 저예요, 젬마예요.

여인   (청년에게) 어서 여세요.

청년   (여인을 놓아주며 칼을 움켜쥔 채 도사리고 문 옆에 붙어 선다)

여인   (문을 연다. 하얀 가운을 입은 의사와 간호원 등장)

청년   …! 당신들…, 당신들…!

의사   (곧 사태를 짐작하고 태연하게 반가운 미소를 주며 손을 내민다) 오, 이거 반갑습니다.

청년	(더욱 칼을 세우고 노리며) 아니, 당신, 당신은 간수장! 날 체포하러 왔군요. 더욱이 저 하아얀 캡을 슨 간수까지 데리고-.
의사	호, 아주 훌륭한 나이프를 수집하셨군요. 저 역시 나이프 수집이 취미라서, 이번에 부란서 대사관에서 펜싱 나이프를 하나 구입했습니다만… (다정스레 다가가며) 어디 그건 독일 중세 기사들이 쓰던 단검 같군요?
청년	(점점 힘을 잃어가는 홀린 듯한 시선)
의사	(맥없이 선 그의 손에서 천천히 칼을 풀어 쥔다) 아, 역시 훌륭하군요.
여인	(창밖을 향한 채 소리 없이 흐느낀다)

종소리 들려오기 시작한다.

청년	(갑자기 눈을 부릅뜨며) 수갑 어디다 감췄어? 방심한 틈을 타서 불쑥 채워 버리려구!
의사	(반응을 주지 않고) 테이블 위의 사과가 참 먹음직스러운데요?
청년	이번엔 안 끌려 갈 테다! (의사의 목을 조르며) 어서 수갑을 내놓으란 말야! 수갑을…!
여인	(놀라) 요한! (달려가려다 간호원에게 제지당한다)
간호원	(여인에게) 침착하세요.
의사	(목을 졸린 채 반항 않고 가만히 서 있다)
간호원	(상냥하게 웃으며 청년에게 다가가 어깨에 손을 얹는다) 아이, 아저씨 참 핸섬하시네, 저하고 드라이브나 하실까요?
청년	(고개를 돌려 간호원을 노려본다)
간호원	아이, 그렇게 보심 싫어요.
청년	홍, 남산 드라이브하잔 얘기겠군. 팔각정을 돌면 갑자기 속

력을 내고, 그리고 차가 멎었을 땐 이미 늦어버렸구….

간호원 아저씨두 참, 남산은 정신병원이 있어 기분잡쳐요. 스카이웨 이가 어때요?

청년 스카이웨이?

간호원 북악산 등성이를 달리다 보면 사슴들이 뛰어놀구, 흩어지는 구름 새로 햇볕이 바스러져 내리죠.

코러스 들려온다.

청년 토끼들두 있을까? (점점 힘이 빠지는 두 손)

간호원 그럼요. 풀밭에 누워 있으면 다람쥐란 녀석들이 발바닥을 간질이곤 하죠.

청년 (그녀의 발끝부터 훑어 올라오는 시선, 입술 위에 멎는다)

간호원 아이, 어서 가요 네? (의사에게) 이봐요, 운전수, 빨리 차 준비 해요.

의사 (청년의 손에서 슬며시 빠져 나오며) 네, 벌써 준비됐습니다.

간호원 (문밖으로 유인하며) 아저씨, 제가 귀엽지 않으세요?

청년 (멍청히 풀어진 눈으로 홀린 듯 그녀에게 이끌려 나간다)

여인 (퇴장하는 청년의 등 뒤에서 울부짖듯) 요한!

의사 아, 진정하십시오.

여인 (발소리 멀어지자 소파 위에 허물어지며 울음을 터뜨린다) 요한, 요 한…

의사 (여인의 어깨에 손을 얹으며) 환자에게 충격을 주어서는 안 됩니다.

여인 (눈물이 번진 얼굴을 들며) 얼마나 더 기다려야 되죠? 언제에나 사랑스런 제 남편 요한으로 돌아올 수 있죠?

의사 부활이란 원래 봄바람 같아 어느 샌가 살며시 스며오는 거랍니다.

여인 　…. (허지만 너무 멀어요…)

식모 　(이층에서, 아직까지 들려오고 있는 코러스를 따라 부른다)

　　　…예수 죽음 이기고

　　　영화롭게 부활하셨네

　　　세상 종국 저날에

　　　우리 또한 부활하리

　　　모든 죄악 벗고서

　　　천당길로 나가세…

의사 　자, 그럼….

여인 　감사합니다, 최 박사님.

의사 　(나가려다 돌아서) 어머니와 상면하진 않았겠죠?

여인 　아뇨, 요한에게 충격을 줄 것 같아서.

의사 　잘 하셨습니다. 어머님께서도 안정을 필요로 하시니까요.

　　　(퇴장)

여인 　(닫힌 문을 하염없이 바라보고 섰다)

사라져가는 앰뷸런스의 사이렌 소리-.

식모 　(물통과 세면도구를 들고 층계를 내려오며) 이젠 목욕 끝났어요.

　　　아씨. 머리도 빗겨 드렸죠. (움직이지 않는 여인에게 갸우뚱하고

　　　주방으로 퇴장)

여인 　(사이렌 소리 완전히 사라지자 무릎을 꿇고 기구를 드린다)

　　　…찬미하나이다. 생명의 근원이신 예수여, 간절히 비오니 인

　　　자하신 주는, 제 남편 요한을 불쌍히 여기사, 그 아픔을 그

　　　치게 하시고 그 병을 낫게 하사, 저로 하여금 몸이 성하여,

천주의 영광과 사람의 영혼 구함을 위하여 선을 행하고 공을 세우기를 힘쓰게 하소서….

식모   …예수 부활하셨네

누가 감히 의심하리

종도 앞에 나타나

오상 흔적 보여주사

모든 의심 없애고

굳이 믿게 하셨네…

어머니 소리 (이층에서) 얘, 젬마야, 젬마야….

여인   ….

어머니 소리 얘, 젬마야, 이리 좀 올라 오려마.

여인   ….

어머니 소리 얘, 젬마야, 거기 없니?

여인   (천천히 일어서며) 네, 여기 있어요, 어머니.

어머니 소리 이리 와서 좀 일으켜 다오.

여인   네, 지금 올라가요, 어머니-. (기구 드리듯 두 손을 모은 채 층계를 하나하나 올라가기 시작한다)

점점 어두워지는 놀-.

-막

1969.5.18

방문자

최세아 작

등장인물

정유리	30대 초반. 건축 디자이너
김태준	30대 중반. 변호사
웨딩 헬퍼	20대
경찰	40대 초반.
인부	50대

무대

도심 외곽에 위치한 고급 빌라.
다른 곳과는 달리 이곳의 출입은 2층으로 들어와서 1층으로 내려올
수 있는 구조다. 계단은 무대에서 보여도 좋고, 보이지 않아도 무관
하지만 배우들의 동선에 있어서 중요한 부분이라서 쓴다. 1층은 출
입문이 없다. 유일한 출입문은 무대 뒤쪽으로 있는 테라스이다. 1층
은 디자인 작업을 할 수 있는 공간으로 꾸며져 있다. 이 공간을 쓸
사람이 디자이너임을 알 수 있게 한다.
무대 정면에 변기가 있다.
무대 한쪽 벽은 월계수로 만든 수직 정원으로 인테리어 되어 있으
며, 허브릿츠의 사진 〈회전초를 든 네이트〉가 걸려있다.

막이 오르면 정유리, 수직 정원에 액자를 걸고 있다.

인부, 사다리에 올라서서 급기 닥트의 마무리 작업을 하고 있다.

정유리, 뒤로 물러서서 액자를 바라보다가…

정유리   허브릿츠의 네이트. (사이) 이 사진 구하고 싶었는데… 이 공
간 쓸 작가가 누굴까요? 자꾸 끌리네. 다프네도 자기의 운명
을 몰랐을 거예요. 아폴론의 사랑을 피해서 도망가다가 월
계수 나무가 된 거거든요.

인부   (일을 하면서) 말도 안 돼.

정유리   그리스 신화에 나오는 이야기예요.

인부   (정유리를 보며) 닥트가 너무 커. 보 공사도 엉망이고. 벽까지
다 허물어서 힘 받을 곳이 없어. 와서 보라니까.

정유리, 인부에게로 가면서…

정유리   그래요. 내가 실수 했네요.

인부   인정 하는 거야?

정유리   (못마땅하게) 일 얘기나 해요. (설계도면을 펴며) 다시 보여드려
요? 설계에 문제없어요. 또 얘기해요?

인부   또 얘기하는데 첫 단추 그런 식으로 끼는 거 아니야. 새장도
아니고 이게 뭐야. 나갈 구멍이 없어. 불 한 번 나봐. 어떻게
할 거야. (테라스 쪽을 보며) 뛰어내리나?

정유리   그건 여기 살 사람들이 알아서 하겠죠. 우리 일은 의뢰인이
원한대로 해주면 되는 거고.

정유리의 휴대폰이 울린다.

정유리, 휴대폰을 찾는다.

인부   (사다리에서 내려오며) 현장 짬밥 거저 생긴 거 아니올시다. 책만 머리에 집어넣으면 다 되는 줄 알고 졸업장이니 자격증이니 주렁주렁 끼고 오는데 현장은 그런 게 아니거든.

인부, 휴대폰을 찾는 정유리를 보며,

인부   작업대에 뒀드만.

정유리, 작업대로 가서 휴대폰을 받는다.

정유리   (쾌활하게) 안녕하세요. 그렇지 않아도 연락드리려고 했어요. 늦어도 일곱 시 안으로 정리가 다 되니까 아무 문제없습니다. (사이) 저야 당연히 마음에 들죠. 의뢰인이 제 첫 고객이세요. 최선을 다했습니다. (사이) 좋아하실 겁니다. 결혼 선물로 작업실 받는 신부가 몇이나 되겠어요?

인부   (연장을 정리하며) 다 끝난 공사 잡고 왈가불가해봐야 바람난 여편네 마음 돌리기지.

정유리   (전화로) 일곱 시 이후요? (사이) 제가요? 제가 참석하긴 좀… 가까운 지인들 초대하신 걸로 아는데… 디자이너가… 물론 안 될 건 없지만… 공간에 대한 설명이요? 아… 디자이너인 제가 하는 게 맞겠네요, 그래도… (휴대폰을 보다가 주머니에 집어넣는다.)

인부, 폐기물을 수거해서 자루에 담는다.

정유리   의뢰인이 벽 없는 구조로 해 달라는 데 어떡해요? 그게 유일한 요구 사항인데.

인부   의뢰인을 설득했어야지.

정유리   공사 시작해서도 계속했어요. 잔금을 안 주겠다는데 방법 있어요? 돈 안 받을 거예요?

인부   그래. 이런 불경기에… 돈 받으면 그만이지.

인부, 화장실 쪽으로 가며…

인부   잠깐 고개 좀 돌리고 있어요.

인부, 변기 앞에 소변 볼 자세로 선다.

정유리   뭐하세요?

인부   보면 모르나?

인부, 바지를 내린다.
인부의 엉덩이 골이 보인다.

정유리   (비명을 지르며) 당신 미쳤어?

인부   공사하고 볼 일 보고 가줘야 사고가 안 난다니까. 원래는 똥 싸야 하는 건데 문이 없어서 그나마 약식으로 하는 거구만…

정유리   싸기만 해봐요. 경찰 부를 거니까.

인부   사고 예방차원이라니까.

정유리   (전화기 꺼내며) 원하는 대로 해줄 테니 딱 그대로…

웨딩 헬퍼, "계세요"라며 예복 가방을 들고 들어오다가 이 광경을
보고…

웨딩 헬퍼 어머머… (호들갑스럽게 휴대폰을 꺼내 사진을 찍으며) 이런 파티였
어요? 어머, 특이하다.

정유리 당신 뭐야?

카메라 셔터 소리에 인부, 서둘러 바지를 입는다.

정유리 (웨딩 헬퍼에게 다가가서 카메라을 뺏으며) 당신 생각하는 그런 거
아니에요.

웨딩 헬퍼 저 남자가 이상한 짓 하려는 거였어요? 그럼 더 찍어야 되
네. 증거사진.

인부 그런 게 아니라… 볼일 잠깐…

웨딩 헬퍼 아무리 급해도 그렇지. 벽도 없는데서 문도 설치 안하고…

인부 이게 원래 없는 거요.

인부, 자루와 연장을 챙긴다.

웨딩 헬퍼 변기만 하나 딸랑 가져다 놓는다고 화장실이에요? 그럼 여
기에 침대 갖다 놓으면 침실이겠네.

정유리 맞아요. 이 집 구조가 그런 거예요.

웨딩 헬퍼 그런 거예요?

인부 이 집은 아무도 이해 못해. 말이 안 돼.

인부, 나간다.

정유리   집주인 만나러 오셨나본데 연락하고 오지 그랬어요.

웨딩 헬퍼 집 주인 아니세요?

정유리   저는 건축 디자이너예요. 이 공간을 만든.

웨딩 헬퍼 와우! (수첩을 꺼내 확인하고) 정유리씨 아니세요?

정유리   내 이름이 맞긴 한데…

웨딩 헬퍼, 가방에서 드레스를 꺼내 보이며…

웨딩 헬퍼 일곱 시에 맞추려면 준비할 시간이 없을 거라고 저더러 헤
어랑 메이크업까지 다 해드리라고 했어요.

정유리   그런 얘기 못 들었는데요.

웨딩 헬퍼 설마 그 말은 저더러 그냥 돌아가라는 뜻이 담겨 있는 건 아
니죠?

정유리   간단하게 말해서 맞아요.

웨딩 헬퍼 안돼요. 저 이대로 가면 안 되거든요. 제가 정식 직원이 아
니라서…

정유리   그 쪽 사정을 위해서 내가 이런 불편한 상황을 받아들여야
겠어요?

웨딩 헬퍼 물론 그러시겠지만 돈 많은 사람들 다들 이렇게 해요. 고마
운 거죠. 집을 잘 만들어줘서. 이미 결제도 끝났는데 그냥
받으시면 안돼요?

정유리   미안해요.

웨딩 헬퍼 (드레스를 가방에 넣으며) 저 지금 그 쪽하고 싸우고 싶거든요.
그런데 그러지도 못해요. 제가 그러고 나면 회사에다가 전
화할거죠? 그러면 바로 잘리니까. 동정을 받으려고 얘기하
는 건 아니고요. 그냥 그렇다는 건 알았으면 좋겠어요, 그

쪽이.

웨딩 헬퍼, 나가려다 말고,

웨딩 헬퍼 정말 그 쪽 실력은 최고예요. 저도 언젠가 이런 집에서 꼭
한 번 살고 싶어요.

정유리 합시다. 그래요, 옷 한번 입어주는 건데, 뭘. 어떻게 하면 되
요?

웨딩 헬퍼 어머, 그건 간단해요. (의자를 가져다주면서) 의자에만 앉아주시
면 되요. 그 다음은 제가 다 알아서 해요.

정유리, 의자에 앉는다.
웨딩 헬퍼, 작업대를 끌어다가 메이크업 도구를 올려놓는다.
헤어, 메이크업 등을 해주며 그들의 대화가 이어진다.

웨딩 헬퍼 저도 이런 집 선물해줄 수 있는 남자 만났으면 좋겠어요. 고
객님은 애인 있으세요?

정유리 없어요.

웨딩 헬퍼 헤어지셨구나.

정유리 그런 말 안 했는데요.

웨딩 헬퍼 제 친구들도 많이 헤어져요. 남자들이 요즘 취직이 잘 안되
잖아요. 하긴 고객님은 능력도 있고 하니까 언제든지 만날
수 있겠어요. 그런데 쉽지는 않죠.

정유리 능력이 있고 없고가 그렇게 중요해요?

웨딩 헬퍼 전요, 전문직 남자 만나는 게 목표예요. 예를 들면 변호사
같은? 남자 친구 분이 고객님 성격 문제 있다고 그러죠? 저

도 처음에만 그랬다는 거예요. 저보고 막 이렇게 나가라고
그러고, 옷 안 입는다고 할 때 잠깐 그런 생각 했다는 거예
요… 여자가 아무리 능력이 있어도 시집가서 편안하게 사는
게 최고래요, 우리 엄마가. 웬만하면 화해하세요. 능력 좋으
면 외모가 좀 떨어져도… 섹스 못할 정도만 아니면요.

정유리 그런 거 아니에요.

웨딩 헬퍼 얼굴까지 되요? 얼른 사과하세요.

정유리 지겨워요. 그 사람 만나고 계속 사과만 했던 것 같아요. 모
든 걸 내 잘못이라고 생각하도록 길들여져서 (정색하며) 간단
하게 했으면 좋겠는데… 화장 많이 하는 거 싫어해요.

웨딩 헬퍼 저도 그러고 싶은데…

웨딩 헬퍼, 드레스를 가지고 와서 정유리 얼굴에 대주며…

웨딩 헬퍼 옷을 보셔서 알겠지만 어느 정도 맞춰줘야 되거든요. 잘 아
시겠지만 이것도 제 작품이거든요.

정유리 알았으니까 빨리 끝내기나 해요.

정유리의 휴대폰이 울린다.

정유리 (받으며) 엄마 먼저 저녁 먹어요. (사이) 여기 아직 현장. 일은
끝났어. 바로 들어가려고 했는데 그렇게 됐어. (사이) 그게 쉬
워? 시간 맞춰 전화하는 게. 일 하다 보면 한 시간 금방이야.
(사이) 걱정 마. 전화 안 왔어. (사이) 몰라. 요즘 연락 없어.
그 사람도 포기했나보지. 옆에 사람 있거든. 나중에 전화할
게. (전화를 끊는다.)

웨딩 헬퍼, 화장품을 꺼내서 화사하게 메이크업을 해준다.

정유리   드레스에 화장에 누가 보면 나 결혼하는 줄 알겠어요.

계단 내려오는 소리.
정유리와 웨딩 헬퍼의 시선이 계단 쪽으로 향한다.
턱시도를 입은 김태준, 꽃다발과 와인을 들고 계단을 내려온다.
정유리, 놀라서 의자에서 일어난다.

김태준   (와인을 작업대에 두며) 일곱 시 시간 정확히 맞추라고 그랬는
           데…
웨딩 헬퍼   말씀하신대로 다 끝냈습니다.
정유리   두 사람 뭐하는 거야?
웨딩 헬퍼   남자친구 분이 오래 전부터 준비하셨어요.
정유리   어떻게 된 거야? (김태준에게) 네가 불렀어?
웨딩 헬퍼   남자친구 분이 여자 친구가 많이 삐쳐있어서 사실대로 말하
           면 안 입으실 거라고 하더라고요. 얼른 화해하세요. 이런 분
           없어요.
김태준   (웨딩 헬퍼에게) 마음에 듭니다. 수고하셨어요.
웨딩 헬퍼   그런 말씀은 SNS에서 하셔도 되는데… 행복한 시간 되세요.

웨딩 헬퍼, 서둘러서 나가려고 하면…

정유리   같이 나가요.
웨딩 헬퍼   부탁할 거 있으면 말씀하세요.
김태준   (자연스럽게 정유리 앞을 막아서며) 알았어, 내가 다 미안해.

웨딩 헬퍼 (정유리에게) 성격 좀 고치세요.

정유리, 웨딩 헬퍼를 따라서 나가려다가 멈춘다.
웨딩 헬퍼, 퇴장.
김태준, 정유리에게 다가선다.

김태준   당신이 그렇게 행동하면 저 여자가 날 어떻게 생각하겠어?
정유리   …
김태준   (꽃다발을 건네며) 잊지 못할 날이 될 거야.
정유리   이미…
김태준   안 받을 거야?

정유리, 꽃다발을 받지 않는다.

김태준   시계는 보지 않는 게 좋아. 누구도 오지 않아.
정유리   (꽃다발을 받아들며) 태준 씨가 좋아하는 꽃이네.
김태준   마음에 들어?
정유리   내가 좋아하는 건 이 꽃 아니야.
김태준   니가 만든 공간, 니가 쓸 공간, 난 그걸 물은 거야.

그들 사이에 흐르는 서늘한 침묵.

정유리   우리 더 이상 할 얘기 없는 사이잖아.
김태준   우리? 너겠지. 여자들 결혼 앞두고 그런다더라. 마음의 갈피
         를 못 잡고. 불안하고… 너 행동 이해하기로 했어. 간단히
         와인 한 잔 할까? 분위기가 좋으면 기분도 괜찮아질 거야.

정유리　아니. 그러고 싶지 않아.

김태준　가끔 세상과 분리되고 싶다고 했지? 너만의 공간. 누구도 침범할 수 없는. 그래서 출입문을 만들지 않은 거야. 2층은 내가 쓸 거야. 나의 공간이 네가 세상을 만나는 통로가 돼. 멋지지? 세상의 문제는 내가 다 막아줄게. 넌 여기서 네가 하고 싶었던 작업만 하면 돼. 가끔 전시회도 열자. 작가는 모습을 드러내지 않아도 될 것 같아. 그게 더 신비로울 수 있잖아. 비난, 상처, 넌 아무것도 마주할 필요가 없어. 그 모든 것 날 통해서만 너한테 올 수 있으니까.

　　정유리, 김태준이 말을 하는 사이, 김태준의 시선을 피해서 계단 쪽으로 다가가다가 두고 온 휴대폰이 눈에 들어온다. 다시 작업대로 다가간다.
　　정유리, 휴대폰을 잡으려는 순간 김태준, 먼저 정유리의 휴대폰을 집는다.

김태준　번호도 바꿨더라. 그런데 어떻게 알아냈냐고 묻지 마. 그런 것쯤 얼마든지 알아낼 수 있다는 거 너 알고 있잖아.

　　김태준, 정유리에게 다가가 얼굴을 만지며…

김태준　더 예뻐졌다. 난 엉망진창인데…

　　정유리, 뒷걸음질 치며 김태준의 손길을 피한다.

김태준　이럴 줄 알았다면 다른 디자이너한테 의뢰할 걸 그랬나봐.

난 네가 아는 줄 알았어. 상식적으로 생각해도 경력도 없는 사람한테 이런 공사를 맡기겠어?

정유리 태준 씨 번호 아니었어. 목소리도.

김태준 의뢰야 사무장 시켰고… 번호를 하나 더 만들었지. 너한테 연락이 올까봐 번호를 바꿀 순 없더라. 어떻게 연락 한번을 안 할 수가 있니?

김태준, 정유리의 휴대폰을 주머니에 넣는다.

정유리 줘. 엄마한테 전화 올 거야. 안 받으면 걱정할거고.

김태준 오늘을 위해서 공판까지 포기하고 준비했어.

김태준, 정유리를 안으려고 하면,

정유리 (들고 있던 꽃다발로 김태준을 후려치며) 내 몸에 손대지 마!

김태준, 장미 가시에 찔려 입가에서 피가 흐른다.

김태준 (손등으로 피를 닦아내며) 목소리 낮춰. 누가 들으면 싸우는 줄 알겠어.

정유리 나한테 바라는 게 뭐야?

김태준 네가 나한테 집중하고, 내가 너한테 집중하는 둘만의 시간.

잠시 침묵.

정유리 이러지 마.

김태준	이럴 땐, 고맙다고 하는 거야.
정유리	고마워. 그러니까 나 보내줘.
김태준	아니. 고마워 다음에 어울리지 않는 말이야.
정유리	(잠시 망설이다) 미안해. 이제 나 보내줘. 약속이 있어.
김태준	아까 아무 계획 없다고 했잖아. 잊고 있었단 건 중요하지 않다는 말이고, 그건 미룰 수 있단 소리 아니야? 지금 만들어 낸 약속이 아니라면.
정유리	내가 자기한테 바라는 건 내 말 좀 그대로 받아들여 달라는 거야. 의심하지 말고.
김태준	물론 알지. 난 자기가 말한 대로 항상 그대로 받아들였어. 하지만 세상에 자기 생각을 그대로 말하고 사는 사람이 몇 명이나 되겠어?
정유리	내가 그렇다는 거야?
김태준	아니. 넌 안 그래. 그러니까 내가 네 말을 그대로 받아들이고 있다는 걸 그대로 믿어.

정유리의 휴대폰이 울린다.

김태준, 주머니에서 휴대폰을 꺼내서 발신자를 확인한다.

김태준	(전화를 끊으며) 어머니네.
정유리	전화 안 받으면 걱정할거야.
김태준	나랑 있었다고 하면 돼. 예전에 그랬듯이.
정유리	그 때랑 상황이.
김태준	(자르며) 아버님은 편안하시지?

김태준, 작업대로 간다.

김태준 (와인을 따르며) 당신 어머니가 찾아왔었어. 명단이 빼곡히 적힌 장부를 들고… 상당한 액수더라. 자칫 잘못했다간 아버님의 남은 생은 교도소에서 마칠 수도 있겠더군. (마시며) 공직자는 측근 관리가 기본인데… 당신 아버지는 그걸 못하셨더라고.

정유리, 김태준이 말하는 동안 닥트의 볼트를 풀어놓는다.
닥트가 덜컹거리며 아래로 내려앉는다.
정유리의 휴대폰이 울린다.
김태준, 발신자를 확인한 후 전화를 받아서 상대의 목소리만 확인 후 전화를 끊는다.

김태준 남잔데?
정유리 인부일거야.
김태준 진짜?

다시 전화벨이 울린다.

정유리 통화하는 거 들어보면 되잖아.

김태준, 정유리에게 휴대폰을 건넨다.

정유리 (받으며) 입금은 내일 아침에… (김태준을 보며) 받고 싶으면 지금 와야겠어요. 문제가 생겼어요. 닥트요, 닥트. 아저씨가 문제가 될 거라 그랬잖아요. 문제가 됐다고요, 지금요, 네, 지금.

김태준 (휴대폰을 뺏으며) 아무 문제없어요. 오지 않아도 됩니다. 못
       알아들어요? 괜찮다잖아. 의뢰한 사람이 괜찮다는데 뭐가
       문젭니까? (전화를 끊는다.) 날 화나게 하지 마. 알잖아.

정유리 벽을 다 허물어서 닥트마저 문제 생기면 안 돼. 집이 무너질
       수도 있다는 얘기야.

김태준 난 널 믿어. 니가 그렇게 만들었을리 없어. 지금 이 시간부
       터는 너와 나 그 누구도 이 집에 들어올 수 없어.

정유리 (힘없이 주저앉으며) 나갈 문이 없어. 여기는 사람이 살 공간이
       아니야.

       정유리의 휴대폰이 울린다.
       김태준, 휴대폰의 배터리를 분리시킨다.

김태준 이 시간은 우리만 생각하자. 아무도 우릴 방해할 수 없게.

       김태준, 정유리에게 키스를 한다. 손이 가슴으로 간다.
       정유리, 일어나서 자리를 피한다.

김태준 (일어나 정유리를 잡으며) 그 새끼 누구야?

정유리 오해야. 그런 적 없어.

김태준 오해? 그럼 증명해 보이면 되겠네.

       김태준, 정유리의 확 낚아채며…

정유리 (악을 쓰며) 이러지 마, 제발. 우린 끝났어.

김태준 그 말 다신 하지 말랬지. 내가 끝내야 끝나는 거야.

김태준, 정유리를 바닥으로 내팽개친다.
정유리, 나동그라진다.

김태준   (다가가며) 그 정도가 아파? 지금 난, 너 때문에 숨을 못 쉬겠어.

정유리, 작업대에 놓여있는 화장품을 김태준에게 던지며 다가오지 못하게 한다.

경찰   (계단에서 내려오며) 경찰입니다. 계십니까?

경찰, 김태준을 향해 화장품을 던지는 정유리를 본다.

경찰   뭐하는 짓입니까!

김태준과 정유리, 경찰을 본다.

경찰   (김태준에게) 괜찮으십니까?
김태준   보시다시피 괜찮습니다.
경찰   지원 요청하겠습니다.

경찰, 무전기를 꺼내려고 하면…

김태준   사소한 연인 문제까지 공권력이 개입하는 건… (정유리를 달래며) 나 괜찮아. 네 잘못 아니야.
경찰   어머니 신고 받고 왔습니다.

김태준, 명함을 꺼내 건넨다.

경찰   (명함을 보더니 무전기를 넣고) 변호사셨어요?

김태준   결혼 문제로 말싸움이 조금 있었습니다.

경찰   변호사로 신분도 확실하니까 더 묻지는 않겠습니다. 여자분 그렇게 폭력을 쓰면 안 돼요. 어머니가 잘 못 아셨네. (정유리에게) 싸우더라도 전화는 받으세요. 안 받으니까 우리가 이런 데까지 와야 되잖아요. 경찰들 일이 얼마나 많은 줄 알아요?

정유리   그게 아니야… 아니라고… 이 사람이 날…

경찰   당장 어머니께 전화 한 통 넣어요. 아무 일 없다고.

김태준   심리 상태가 불안한데… 진정되면 그 때 하겠습니다.

경찰, 자신의 휴대폰을 정유리에게 건네며…

경찰   확인까지가 제 업무입니다.

김태준   (정유리에게) 나라면 어머니 걱정시켜드리지 않겠어. 그게 어른이야.

정유리   (통화를 하며) 다 끝냈는데 갑자기 문제가 생겼어. 닥트가… 엄마, 아버지 문제없는 거지? 잘 끝날 거야. 걱정하지 마. 그래. (경찰을 보고) 옆에 있어. 고맙다는 말은 내가 전할게. (전화를 끊는다.)

정유리, 경찰에게 휴대폰을 준다.
경찰, 현관을 향해 걸음을 옮기다 말고…

경찰   앞으로 전화는 꼭 받아요. 같은 수고 하지 않게. 알아들었죠?

경찰, 나간다.
김태준, 드레스를 건네면서…

김태준   처음도 아니잖아.
정유리   맞고 사는 여자들 왜 저러고 사냐고, 여자가 모자란 거 아니냐고 말했는데… 내가 그 여자라고 어떻게 말해. 동정받기 싫었어. 자존심이 그것만은 하지 말라더라. 덜 떨어진 여자 취급 받을 순 없잖아. 내 인생이 너란 인간 때문에 그렇게 추락하게 둘 수는 없었어. 여기서 멈췄으면… 그랬으면… 좋았을걸. 너한테 했던 마지막 부탁이었는데…
김태준   우린 아무 문제없어. 문제가 있다고 생각하는 게 문제야.
정유리   그래. 언제나 내가 문제지.

정유리, 드레스를 찢는다.
김태준, 정유리의 뺨을 때린다.
쓰러지는 정유리.

김태준   그 정도 생각은 할 수 있잖아. 날 설득하려고 하기 전에, 내 잘못을 지적하기 전에.
정유리   …
김태준   내가 말할 때, 한번만이라도 내가 왜 이렇게 말을 하는지 생각해줬다면 난 당신에게 적어도 좋은 남자로 남았을 거야.
정유리   …

사이.

김태준 왜 말이 없어?

정유리 내가 무슨 말을 해주기 원해?

김태준 화해가 먼저겠지. 잘못한 사람이 먼저 용서를 구하는 거고.

정유리 미안해.

김태준 나도 미안해. 당신이 처음부터 내 뜻에 따라줬다면 이렇게 까지 화낼 일은 아니었어. 드레스를 다시 가져 오라고 하자.

김태준, 휴대전화를 거는 사이,
정유리, 작업대로 간다.

정유리 널 보면 아버지 생각이 나.

김태준 딸은 아버지 닮은 남자랑 결혼하고 싶어 한다더라.

정유리 (와인을 넘치도록 따르며) 청바지를 입어 본 적이 없어.

김태준 (통화를 하며) 웨딩샵이죠. 드레스가 필요합니다.

정유리 아버지한테 잡힌 범죄자들은 하나같이 청바지를 입고 있었 고… 현장에서 살던 아버지 눈에는 청바지가 불량스러움 그 자체였으니까.

김태준 (정유리에게) 통화중이야. 얘기는 끝나고 해. (통화하며) 물론 새 걸로 준비해주셔야 합니다. 돈은 얼마든지 드리죠.

정유리 벗어나고 싶었어. 죽어라 노력 했는데도… 안 되더라. (사이) 더 견딜 수 없는 게 뭔 줄 알아? 이젠 내 몸이 청바지를 거 부해.

정유리, 와인 병을 작업대에 내려친다.
와인 병이 깨지는 소리에 김태준, 돌아본다.

김태준 (통화하며) 나중에 다시 전화하죠.

김태준, 전화를 끊는다.

김태준 내가 말을 하고 있잖아. 말을 하면 들어.

정유리 상상도 못했어. 아버지의 사고방식이 내 몸에 알알이 박힐 줄은. 끔찍이 싫었는데…

사이.

정유리 벗어나는 게 얼마나 힘든 일인지… 너무 잘 알아. 그래서 일 거야. 다프네가 사랑에서 도망쳐 스스로 나무가 된 게.

김태준 난 그래서 이 그림이 마음에 안 들어. 니가 좋아하는 거라서 걸어 놓긴 했지만. 사랑을 감사할 줄 모르는 인간의 최후일 뿐이야, 이건.

정유리 당신과 내가 같이 할 수 없는 건 같은 걸 보고 있어도 서로 너무 다르기 때문이야. 아마 영원히 그럴 테지. 아주 오랜 시간동안. 누군가 끝내지 않는다면.

정유리, 깨진 병을 들고 자신의 복부를 찌른다.
정유리, 쓰러진다. 주변으로 피가 번진다.

김태준 안 돼. 안 돼. 그러지마.

김태준, 달려가서 정유리의 몸에 박힌 병을 빼내려고 한다.
정유리, 김태준의 손을 잡아서 자신의 배를 누른다.

정유리   더 이상 네 뜻대로 되게 두지 않을 거야.

김태준   (피가 나는 배를 손바닥으로 막으며) 그만.

정유리   너한테 사랑은 게임이었겠지. 오기였고, 스스로의 내기였어.
　　　　　날 가질 수 있는지, 없는지에 대한.

김태준   말하지 마…

　　　　　김태준, 정유리의 배에서 병을 빼낸다.
　　　　　인부, 계단을 내려오며…

인부   걱정돼서 안 올 수가 있어야지. 내가 이거 문제 생긴다고 (광
　　　　경을 보고 놀라며) 어, 어!

　　　　　인부, 깨진 병을 들고 있는 김태준을 본다.

인부   (넘어지며) 으아악! 피… 당신… 당신이…

김태준   아니야, 아니라고. 나 아니라니까.

　　　　　경찰, 계단을 내려오며…

경찰   전화 좀 켜두세요. 어머니가 자꾸 신고하잖아요.

　　　　　인부, 뒷걸음질을 치다가 들어오는 경찰과 부딪힌다.

인부   (김태준을 가리키며) 저 사람이… 찔렀어요. 내가 봤어요.

　　　　　경찰, 권총을 꺼내서 김태준에게 겨눈다.

경찰　　　흉기 버리고, 손 머리 위로 올려.

　　　　　　김태준, "아니야" 라며 병을 든 손을 내젓는다.
　　　　　　그 모습이 마치 흉기를 휘두르는 것처럼 보인다.

인부　　　저러다 일 치르겠네.

경찰　　　(천천히 다가가며) 셋 셀 동안 떨어지지 않으면 쏜다. 하나…

김태준　　(정유리를 일으켜 세우며) 일어나서 말 해. 니가 그랬다고.

경찰　　　둘…

정유리　　(김태준에게) 인간을… 어떤 상황을 지배할 수 있다고 하는 너
　　　　　　의 그 인식. 무너뜨려줄게. 너는 아무 것도 할 수 없었던 인
　　　　　　간이야.

　　　　　　툭, 정유리의 숨이 멈춘다.
　　　　　　김태준, 정유리를 안고 오열한다.
　　　　　　"셋" 동시에 공포탄 소리.
　　　　　　암전.

　　　　　　수직 정원에 걸린 사진, 〈회전초를 든 네이트〉에 핀조명이 꽂힌다.
　　　　　　김태준, 사진 속 네이트와 같은 포즈로 서 있다.
　　　　　　몸에 월계수를 칭칭 감고 피를 뚝뚝 흘리는 그 모습 위로
　　　　　　모차르트의 〈레퀴엠〉이 장중하게 흐른다.

　　　　　　- 막 내린다.

출발

윤대성 작

등장인물

사내
역원

오래 내버려둔 낡아 빠진 의자며 회칠이 군데군데 벗겨져서 흙이 드러난 벽이며가 이 대합실의 분위기를 음산하게 해주고 있다.

대합실 한가운데에 벤치가 하나 놓여 있고 벽을 따라 긴 의자들이 붙어 있다.

정면에 플래트포옴으로 나가는 두 짝으로 된 엉성한 유리문이 있고, 벽 오른쪽에 문이 닫힌 매표구가 있다.

매표구 위에는 큰 글씨로 도착 0시, 발착 0시 1분을 가리키는 시간표가 걸려 있다.

한밤 중 플래트포옴의 가로등이 희미하게 켜져 있고 실내는 그 불빛으로만 윤곽을 알 수 있을 정도로 어둡다.

차차 어둠에 눈이 익게 되면 왼쪽 벽에 붙은 의자 위에 한 사내가 쓰러진 듯 누워 있는 것이 보인다.

잠시 후 플래트포옴으로부터 역원 차림의 턱수룩한 남자가 등을 손에 들고 들어온다.

누워 있는 사내를 보지 못하고 벤치 앞으로 와서 등을 의자에 내려놓고 그 옆에 앉는다.

손수건을 꺼내 이마의 땀을 닦는다.

사내　　(누운 채) 여보세요!

역원　　누, 누구요?

사내　　지금 몇 시나 됐죠?

역원　　여기서 무얼 하고 있소? 여긴 잠자는 데가 아니오.

사내　　자고 있는 게 아닙니다. 몇 시나 됐습니까?

역원　　나도 모르겠소. 시계가 있어야 말이지. 여기선 시계가 소용이 없어요. 시간을 알 필요가 없으니까…. 도대체 시간을 알아서 무엇을 하시려오?

사내 　전 시간을 알고 싶습니다. 얼마나 더 기다려야 할지….

역원 　사람을 기다리는 거요?

사내 　아니, 기차를 기다립니다.

역원 　아… 기차 말이오? 그렇군… 당신은 기차를 기다리고 있었군….

사내 　승무원이십니까?

역원 　…네 그렇죠. 그렇게 되죠. 난 이 역을 지키고 있으니까…. 그런데 어디서 오셨소?

사내 　저… 저 너머에서 왔습니다.

역원 　저 너머라니?

사내 　저 길. 길 말입니다. 저 산 너머에 있는 길 끝에서 왔어요. 어디서부터인지 저도 잘 모르겠습니다.

역월 　아, 뭐 좋습니다. 당신이 어디서 왔든지 내가 상관할 일이 아니니까. 그저 버릇으로 물어본 거요. 그런데 여기가 어딘지나 알고 있소?

사내 　정거장이죠.

역원 　간이역이오. 허지만 좀 우스운데. 근래에 이 역을 온 사람은 없어요. 당신을 빼놓고는. 이 역에선 기차가 서지 않으니까.

사내 　기차가 서지 않는다구요?

역원 　벌써 5년째 기차가 서지 않습니다.

사내 　저기 저렇게 시간표까지 있는데?

역원 　5년째 전 시간표지요. 사실 기차는 지나간답니다. 정각 0시에. 단지 서지 않는다 뿐이지….

사내 　저기 시간표대로라면 1분간은 서야 하지 않습니까?

역원 　시간표대로라면 그렇죠. 근래에 기차가 서는 걸 못 보았어

요. 아, 한 번 기차가 선 적이 있지…. 웬 부인이 자살을 했
을 때… 그것도 10분간이나.

사내 부인이요?

역원 예, 2년 전이던가…? 그 외엔 서지 않습니다.

사내 그 부인은 왜 죽었습니까?

역원 자살했다니까. 그 이유를 내가 어떻게 알겠소.

사내 젊은 여자였나요?

역원 그래, 그런가 봐요. 밤중이라 어두워서….

사내 그게 언제쯤이죠?

역원 2년 전이라고 하지 않았소. 왜 그 부인을 아시오?

사내 아, 아닙니다. 부인이 죽었다기에… 더구나 자살이라니…
그 전에도 기차가 서지 않던가요?

역원 아니죠. 기차가 섰어요. 10년 전만 해도 이 역은 제법 번창
했어요. 간이역이긴 하지만 장사꾼들도 제법 드나들었고 여
름엔 도시에서 피서도 오곤 했죠. 꽤 살기 좋은 마을이었는
데, 낮에 지나시다 혹시 보셨는지 모르지만 저쪽 둑 너머에
지금은 말라 늪이 돼버렸지만, 꽤 경치 좋은 호수가 있었어
요. 호숫가엔 하얀 돌벽의 교회가 있었죠.

사내 지금은 무너진 돌들만 남았더군요.

역원 보셨군요. 그래요. 꽤 아담한 교회였죠. 지금도 그 교회 종
소리가 들리는 것 같아요. 뎅그랑뎅그랑, 바람이 몹시 불 때
면 여기서도 들렸죠

사내 네, 들리는군요.

역원 무슨 소리가 들립니까?

사내 교회 종소리가 들리지 않습니까? 뎅그랑뎅그랑, 줄이 풀려
있군요. 꼭 매라고 일렀는데.

역원	여보, 정신차리시오. 당신은….
사내	아, 아닙니다. 내가 깜박 꿈을 꾸었나 봐요.
역원	여기에 와본 적이 있소?
사내	여긴 처음입니다.
역원	그러시다면?
사내	얘길 들었어요.
역원	그래요? 꽤 좋았답니다. 얘길 들어서 아시겠지만 그 교회 뒤론 빽빽하니 밤나무 숲이 있었어요. 겨울엔 토끼, 사슴들이 마을에까지 내려와서 애들과 뛰어놀았고요. 호수엔 들오리가 날고 또 거기엔 처녀들이…
사내	마리아!
역원	네? 뭐라고 했소?
사내	아무 말도 안 했습니다.
역원	지금 누구를 부르지 않았소?
사내	기도를 드렸어요.
역원	마리아라고 한 것 같은데?
사내	마리아에게 기도를 드렸어요.
역원	난 또… 이 마을의 마리아라는 여자가 있었어요.
사내	있었군요.
역원	당신은 누구요?
사내	아무것도 아닙니다. 그저 지나가는 나그네입니다.
역원	마리아를 아시오?
사내	아니, 전혀. 기도를 드렸다니까요.
역원	하나님을 믿소?
사내	하나님은 주무시고 계시다는 걸 믿습니다.
역원	그럼 기도를 왜 하오? 하나님은 듣지도 못할 텐데.

사내 버릇으로 남았어요.

역원 그래요. 모두들 버릇으로 하나님을 찾지. 사실 그런 것은 없소. 있는 건 사람뿐이오.

사내 아니, 하나님은 계십니다. 단지 대답하시질 않을 뿐이지.

역원 아니, 그런 건 없소. 이 마을이 폐허가 될 때도 마을 사람들은 하나님의 진노 때문이라고 했지만 그건 벼락이었소. 벼락과 산불이 교회며 숲을 태워버린 거요. 어느 해 여름이었소. 호수에서 들오리가 자취를 감추니 호수가 마르기 시작하는 거요. 벼락이 치고 불이 나고 하룻밤 새에 이 마을은 폐허가 됐단 말이오. 하나님이라고요? 천만에. 그 호숫가에 아이의 시체가 뜨던 날이었소.

사내 아이의 시체라뇨?

역원 아, 아무것도 아니오. 아이가 빠져 죽었지요. 교회가 불타버린 것도 그 얼마 후였으니까. 모두들 하나님이 벌을 내리신 것이라고 했지만 그건 사람이었소.

사내 네?

역원 벼락을 치던 밤에 사람이 교회를 태워버린 거요.

사내 그런 일이?

역원 있었지요. 그래서 이 마을에서 기차가 서는 일도 없게 되고.

사내 그래서 모두들 떠나버렸군요.

역원 그렇다오. 모두…

사내 마리아도…

역원 마리아? 어느 마리아 말이오? 당신의 마리아? 또 나의 마리아?

사내 당신의 마리아?

역원 아, 그 여잔 내 처였소.

사내	아, 그렇습니까? 결혼을 했군요.
역원	물론이죠. 좀 늦긴 했지만 그럴 이유가 있었지요. 꽤 어여쁜 여자였소. 이 마을에선 제일가는 미인이었지. 당신도 보면 반했을 거요. 난 아주 미쳐 있었으니까. 아니 가시려오?
사내	네. 가봐야겠습니다.
역원	이 밤중에… 조금 있으면 기차가 오는데….
사내	서지 않는다고 하지 않았습니까?
역원	그렇지요. 기차는 서지 않습니다.
사내	안녕치 계십시오.
역원	여보 손님, 잠깐만, 어디로 가려는 거요?
사내	다음 역으로 가야죠.
역원	다음 역엔 기차가 서지. 그런데 도대체 어디까지 가시는 거요?
사내	아무 데로나. 기차가 머무는 곳 아우 데로나…
역원	그렇지만 어디 목적지가 있을 게 아니오?
사내	네, 종점까지 갑니다.
역원	핫하, 종점은 여기랍니다.
사내	네?
역원	이 기찬 순환열차요. 뺑뺑 돌죠. 그러니까 당신이 출발한 곳이 곧 종점이 되는 거요.
사내	그렇게 됐습니까?
역원	옛날엔 종점이 따로 있었지만 지금은 없어졌어요. 양끝을 맞붙여 연결해 버렸거든요.
사내	모두 그렇게 되어버렸군요. 출발해도 소용이 없군요.
역원	여기서 쉬었다가 날이 밝거든 떠나십시오. 가실 곳 있으시다면. (매표구 쪽으로 들어가려 한다)

사내　어디 가십니까?

역원　침구를 가져와야죠.

사내　그만두십시오. 전 가야겠습니다. 제 걱정 마시고 어서 주무
십시오.

역원　이 밤중에 길도 어두운데 갈 수 있겠소?

사내　기찻길을 따라 걷지요. 전 늘 그래왔습니다. 달빛이 기찻길
을 비춰주니까 그 달빛만 따라가면 되겠죠.

역원　그렇지만 아무리 기찻길을 따라 걸어도 결국 도착하는 곳은
여길 텐데.

사내　아, 그렇게 되겠군요. (단념한 듯 앉는다)

역원　어디로 다녔습니까?

사내　아무 데로나 발 가는 대로.

역원　재미있었겠군요.

사내　아니, 무서웠어요.

역원　뭐가요?

사내　다음이, 다음에 올 정거장이.

역원　아무도 없습니까? 가족이라도?

사내　아무도 없습니다.

역원　그래도 발붙일 곳이라도 있을 게 아니오?

사내　있었어요. 옛날엔.

역원　결혼했소?

사내　못했습니다.

역원　그렇게 떠돌아다니니 그렇지. 여자 같은 것에라도 인연을
가졌어야 뿌리가 박히는 거요. 구르는 바위엔 이끼가 끼지
않는 다는 말도 있지 않소? 한곳에 눌어붙어 있어야 하는 법
이오.

사내	그래서 여기에 있습니까? 기차도 서지 않는 역에?
역원	아니. 난 여기서 기다리는 사람이 있답니다.
사내	기다리는 사람?
역원	그럼요. 내게도 기다리는 사람이 있어요.
사내	기차도 서지 않는데?
역원	그래도 올 사람이 있지요. 아마 틀림없이 올 거요. 지금 오고 있는지도 모르지.
사내	부인?
역원	아니, 내 처는 죽었소.
사내	죽었군! 왜 죽었나요?
역원	기차에 죽었지요. 내가 죽였소.
사내	당신이?
역원	그렇소. 아무도 믿지 않지만. 사람들은 나를 미친 놈으로 알고 있으니까. 내 처가 미쳤듯이 말이오.
사내	미쳤다니요?
역원	당신은 지금 올바른 정신을 갖고 있소?
사내	그렇다고 말씀드린 적은 없습니다.
역원	그래. 누구도 올바른 정신을 가지고 있다고 말할 수 없지. 모두가 무언가에 미쳐 있거든요. 당신이 끝도 없이 기찻길을 따라 다니는 것처럼 난 여자의 치맛자락을 따라다녔소. 난 미쳐 있었어요. 그것도 3년 동안이나.
사내	3년?
역원	그 여자. 아니 마리아를 따라다닌 지 3년. 그것도 딴 남자에게 미쳐 있는 여자를 말이오. 젊은 전도사 때문에.
사내	전도사요?
역원	그렇소. 이 마을 교회에 나타난 그 전도사가 그 여자의 마음

을 뺏어간 거요. 서로 좋아했는지도 모르지. 난 미칠 것 같 았소. 그런데 말이오. 어느 날 그 전도사가 없어져 버렸소.

사내   죽었군요.

역원   갑자기 어느 곳으론가 떠나버렸소. 올 때처럼 소식 없이. 무슨 일이 있었는지는 모르지만 난 잘됐다고 좋아했죠. 이젠 그 여자를 내것으로 할 수 있다고 생각했거든요. 그 3년 동안… 내겐 그 3년 동안이 인생의 전부였던 것 같소. 기다린 다는 건 정말 괴로운 일이더군요.

사내   그래서 결혼을 하셨군요?

역원   아니, 그렇게 쉽지는 않았지. 당신도 여자를 좋아해 본적이 있소?

사내   네, 있습니다. 오래 전에… 죽어버렸지만.

역원   오… 당신도… 안됐구려…. 왜 죽었소?

사내   기차에, 기차에 죽어버렸소. 자살을 했습니다.

역원   당신 때문일 거요.

사내   내가 못난 놈이었어요. 제가 죽인 거나 다름없습니다.

역원   인생이란 그런 것인 모양이오. 몇 년 전만 해도 인생은 그저 그렇고 그런 것이라고 자신 있게 말할 수가 있었는데 역시 산다는 건 그런 것인 모양이오. 내 처는 3년 동안이나 그 젊 은이를 기다리고 있었소.

사내   그 여잔 잊어버리지도 않았던가요? 그 못난 사나이를.

역원   죽을 때까지 생각하고 있었다오. 결혼을 해서도.

사내   바보! 바보!

역원   한밤중에 기적 소리만 나면 그 여자가 있는 곳은 바로 여기 였소. 당신이 앉아 있는 그 자리에. 그리곤 기다리고 있는 거요. 왜, 어디가 편찮으시오?

사내	아, 아닙니다. 전 원래 눈이 나빠서 어두운 곳에 오래 앉아 있으면 눈이 피곤해져서요.
역원	여기에 와본 적이 있다고 했지요?
사내	아니, 여긴 처음입니다. 얘길 들었을 뿐이에요.
역원	처음일 테지. 그런데 도대체 무엇 때문에 이렇게 헤매고 다니는 거요?
사내	무엇 때문에?
역원	그렇소. 누구를 찾아다니는 거요. 아니면…
사내	찾아다녔습니다. 그런데 그건 아무것도 아니었어요. 제가 찾는 것은 언제나 거기에 있지 않더군요. 아무것도 없는데 난…
역원	당신도 미쳐 있었군.
사내	미쳐 있었습니다. 곧 손에 잡힐 것 같은 무지개처럼 찬란한 외양에 미쳐 있었던 겁니다.
역원	여하간 잘 돌아왔소!
사내	네, 종점이군요.
역원	그래서 우린 결혼을 했습니다.
사내	네? …아.
역원	3년 동안이나 참아왔지만 더 기다릴 수가 없었소! 그래서 난 어느 날 밤 기차가 막 지나가 버렸을 때 바로 여기서 그 여자를 내 것으로 만들어 버렸지요. 강제로.
사내	오!
역원	그런데 말이오. 결혼을 했는데도 그 여잔 내 것이 아니더군!
사내	네!
역원	내가 소유하고 있었던 것은 그 여자의 몸뿐이었단 말이오.
사내	그럼 당신은 무엇을 더 원했습니까?

역원   마음까지.

사내   마음.

역원   난 그 여자의 전부를 원한 거요. 한 여자의 일부분만을 소유
하고 있는 비극을 아시오?

사내   비극이라고?

역원   그렇소. 그건 비극이오. 갖지 않은 것보다 더한 비극인 거
요. 그래서 난 그 여자에게 난폭하게 굴었소. 그 여자의 침
묵과 복종이 불안했단 말이오. 이 여잔 지금 내 품에서 누구
를 그리고 있는가? 이 여잔 지금…

사내   그건 욕심입니다. 그 여잔 당신에게 충실했을 겁니다.

역원   충실했소. 내게 아이까지 낳아주었으니까.

사내   아이까지 있었군요!

역원   사내아이였어. 토마. 그 여잔 그 애에겐 토마란 괴상한 이름
을 붙여주었소. 토마!

사내   도마, 도마요!

역원   그래 그건 당신의 이름이었군!

사내   아니, 전 아닙니다. 난 이름 없는 나그네. 그 도마란 이름을
알 뿐이에요. 전 아닙니다. 그래서 그 아이는 지금 어디에
있습니까?

역원   제 어미와 같이 있지요.

사내   …네?

역원   아이가 생기자 내 존재는 그 여자의 안중에 없었소. 난 이제
그 여자의 마음뿐 아니라 몸마저 아이에게 뺏기게 되었던
거요. 난 고민하기 시작했소. 질투, 그건 틀림없는 질투였소.
도마란 그 사나이에 대한 것과 비슷한 질투, 그것을 아이에게
느꼈던 거요. 난 부쩍 의심이 나기 시작했소.

사내   의심이라뇨?

역원   이 자식은 내 아이가 아니라는 의심이.

사내   그럴 리가 없습니다. 그건 틀림없는 당신의 자식입니다.

역원   아니, 내 처가 기다리던 그 사람의 아이임이 틀림없어!

사내   그 사나인 그럴 사람이 아닙니다. 절대로 그건 아닙니다.

역원   토마란 이름이 붙었는데도?

사내   그렇지만 당신은 그 사나이가 떠난 지 3년 후에 결혼하셨다
        구 하지 않았습니까?

역원   아… 그랬었지. 그건 틀림없는 사실이야. 그런데 왜 그것이
        믿어지지 않을까? 틀림없다고 확신하면서도 내 마음 한구석
        엔 알지 못할 그 무엇이 정말 어처구니없게도 그게 날 꼭 잡
        아매고 있었어. 난 곧잘 내 아이를 무릎 위에 안고 뚫어져라
        살펴보곤 했지. 그런데 아무리 뜯어봐도 나를 닮은 데라곤
        한 군데도 없더란 말이오.

사내   저를 닮지도 않았을 겁니다.

역원   그래, 지금 보니 당신을 닮은 것도 아니군.

사내   그래서 그 아이는 어떻게 됐습니까?

역원   어미 없는 새 호수에 띄워버렸소. 갈대 숲 속에다. 그 조그
        마한 동물이 물속에서 몸부림치는 걸 난 가만히 들여다보며
        웃고 있었소. 미친놈처럼, 핫하.

사내   악마! 잔인한 사람! 어떻게 그럴 수가 있어! 자기 자식을!

역원   당신의 자식인 줄 알았거든.

사내   오! 하나님!

역원   내 처는 미쳐 있었소. 종일 아이의 이름을 부르면서 찾아 헤
        맸지. 토마! 내 토마, 하면서.

사내   도마, 도마!

역원　당신을 불렀던 거요! 죽는 날까지.

사내　마리아!

역원　아들의 시체는 호수에 떠 있었어. 그 여자, 아니 당신의 마리아도 물에 뛰어들었소. 그렇지만 죽을 수가 없었지. 물은 허리에까지밖에 차지 않았으니까. 호수가 마르기 시작했거든. 그래서 난 대신 그 여자를….

사내　그만! 이제 제발 그만두십시오!

역원　그래서 난 대신 그 여자의 원을 풀어주었던 거요. 왜 그 여자를 버렸소?

사내　아닙니다. 버린 게 아닙니다. 다시 돌아오려던 것이… 저 너머에… 저 산 너머에 그것을 찾아서… 그것이 바로 거기에 있을 것 같아서. 그래서 손을 벌려 찾아 떠났던 거예요. 여자를 버린 게 아니랍니다.

역원　그래서 그것을 찾았소?

사내　황무지와 폐허를 발견했을 뿐이오.

역원　아, 그래서 이제 돌아왔군! 허지만 너무 늦었소. 그 여잔…

사내　죽어 없더군요.

역원　죽어버렸소! 당신을 기다리다가 미쳐서. 그래서 난 내 처 대신 여기서 당신을 기다리고 있었던 거요. 난 당신이 만나보고 싶었소. 당신이 누군가 알고 싶었단 말이오. 난 당신이 언젠가는 여기에 오리라는 걸 알고 있었으니까. 내 생각대로 결국 당신은 돌아왔소. 그런데 이게 어찌된 셈이오? 그 많던 원한과 질투가 이제 당신을 만나니 도리어 반가움으로 변하다니. 도대체 당신은 누구요? 그 젊은 전도사가 바로 당신이오?

사내　아닙니다. 그 사람은 벌써 죽어 버렸어요. 10년 년 전 이 마

	을을 떠날 때 이미 죽어 있었던 거예요.

역원 떠나지 말 길을 당신도 떠났던 거요 어디 가나 종점이란 없지요 내가 있는 곳, 내가 발붙인 곳, 여기가 바로 종점이란 말이오. 당신은 결국 종점에 돌아왔소. 허지만 이미 늦었지… 한번 떠난 사람에게 종점은 없으니까. 당신은 다시 떠나야 하오.

사내 떠나야겠습니다.

역원 기차를 이용하겠소?

사내 네. 곧 도착하겠지요.

역원 기차는 서지 않습니다.

사내 알고 있습니다.

역원 그럼 결심했소?

사내 네. 다시는 돌아오지 않을 테니까요.

역원 그 여자도 기차를 이용했소. 그 여잔 자는 듯 아주 조용히 선로 위에 누워 있었다오. 정말 잠깐 동안에 끝났지.

사내 기차가 오지 않습니까?

역원 정말 기차가 오는군. 산을 돌고 있소. 5분 후면 이 앞을 통과하지.

사내 자, 그럼 준비를 하십시오. 제단을 마련합시다.

역원 (개찰구의 문을 열어젖힌다) 혼자 할 수 있겠소?

사내 물론입니다. (문에 다가선다)

역원 두렵지 않소?

사내 아니 전혀. 제가 바라던 일인데요. 제 종점으로 다시 출발하는 일인데요. 제가 기다리고 있었던 거예요.

역원 그랬었군! 당신도 기다리고 있었군.

사내 그 여자 옆에 가까이 할 수 있는 길은 그 길밖에 없지 않습니까?

역원   오, 당신이야말로 잔인한 사람이오. 죽음 속에서도 그 여자와 같이 있기를 원하는 거요? 이 남편을 비켜놓고 말이오! 도대체 당신은 누구요? 무엇이오? 무엇을 가졌소? 당신의 무엇이 그 여자로 하여금 당신을 기다리게 했느냔 말이오?

사내   꿈! 꿈을 가졌습니다.

역원   꿈?

사내   그렇습니다. 난 꿈을 갖고 있었습니다. 저 너머, 저 산 너머에 황무지와 폐허만이 가득 차 있는 그곳에 말입니다.

역원   그랬었군! 당신은 꿈을 갖고 있었군. 그 여자도 꿈을 갖고 있었지. 당신의 꿈을. 꿈을 갖는다는 건 끔찍한 일인 줄도 모르고. (기적 소리 가까워진다)

사내   기차가 옵니다. (사내, 개찰구로 나가려고 하자 역원이 막아선다)

역원   잠깐. (품속에서 봉투를 꺼낸다) 자, 이걸 받으시오. 그리고 분향할 준비를 해요. 우리 제사를 지냅시다. 이건 그 여자의 전부요. 자, 어서.

사내   (얼떨결에 봉투를 받으며) 어쩌자는 겁니까?

역원   난 저 기차를 타야겠소.

사내   그럼 당신도? (기적 소리 점점 가까워진다)

역원   난 당신이 그 여자와 같이 있는 걸 원하지 않소. 그 여자는 내 거요. 알겠소? 내 거란 말이요 자… 그럼… 잘 있으…오.

사내   여보세요, 여보!

기차의 불빛과 소음이 휩쓸리는 사이로 역원 사라진다. 사나이 뛰어나가다가 기차가 지나가 버리자 문에 기대에 얼굴을 기둥에 묻는다.

요란하던 기차 소리가 점점 멀어지고 적막이 감싼다. 사나이가 움켜
쥐고 있는 봉투에서 떨어지는 흰 뼛가루가 바람에 스산히 날려 흩어
지는데 막이 내린다.

핏대

고정민 작

등장인물

남편　　62살, 남자
아내　　59살, 여자
아들　　31살, 남자
사내　　40살, 남자

때

현대, 지금

곳

서울 응암동 불광천 다리 위

무대는 노부부의 길거리 노점상이다.

크고 작은 보따리, 온갖 잡스런 물건들이 보인다.

면도기, 때타올, 싸구려 화장품, 소형 안마 지압기…

때 늦은 가을비가 오려는 듯

많은 사람들이 지나간 발자국 어지럽다.

한 사내, 검은 옷차림으로 노점상 주변을 기웃거린다.

도롯가 주차된 부부의 트럭 근처로 서성인다.

남편, 이상한 사내의 행동 예의주시한다.

그러나 손님인 거 같아서. 이러지도 저러지도 못하고 있다.

사내   이런 거 얼마나 해요

남편   필요한 물건 있으십니까

사내   (가판대 뒤적이며) 요건 또 얼마요?

남편   안마기는 삼천 원입니다

사내   아니, 나는 손님은 아니고. 그냥 궁금해서 물어요

남편   천천히 둘러보십시오

사내   계속 봤지요. 장사가 안 됩디다

남편   뭐라구요?

사내   손님이 한명도 안 지나가

남편   …

사내   이런 장사는 왜 하는 겁니까

남편   … 거 살 거요, 말 거요

사내   맘에 들면 가져갑니다

남편 안 살 거면 내려 뒤요. 자꾸만 흐트러지잖소
사내 (던지듯) 웬 자잘한 것들뿐이네

사이

사내 우산 없어요?
남편 당신한테 팔 물건 없을 거 같소!
사내 오늘 날씨도 안 보고 나오셨나. 곧 비 온다잖아요
남편 당신, 왜 자꾸 시비야. 그리고 아까부터 왜 이리 서성거려?
사내 필요한 건 우산인데. 이러니 장사가 안 되지
남편 사지도 않을 거면. 그냥 가시오!
사내 내가 살지 안 살지, 진짜 손님인지 아닌지 (씩 웃으며) 아저씨
          가 어떻게 압니까
남편 (뭔가 싫어) …
사내 그럼, 이만 갑니다

사내, 퇴장한다.
남편, 사내가 떠나간 방향으로 침을 뱉는다.

남편 뭔 소리야, 아침부터?

하늘에서 갑자기 빗방울이 떨어진다.
무대 한 편 아내, 등장한다.
멍하니 선채로. 어딘가 하염없이 바라보고 있다.

남편 여보, 왜 그리 섰어. 비 오잖아. 방수포 얼른 덮어라!

남편과 아내, 가판의 여러 물건 위로 방수포 덮는다.
비를 피할 목적인지. 소형 트럭의 짐칸을 개조한 천막으로 들어간다.

늘어진 천막 끝으로. 빗방울이 우두두, 떨어진다.
노부부, 하릴없이 앉아있다.
아내, 휴대용 라디오 소리 키운다. 남편에게 편의점 도시락 건넨다.

남편 어째 날씨가 <u>으스스</u> 해

아내 아까 저기서 오래 전 기억해봤어요

남편 무슨 기억

아내 아들내미 오던 방향이 어디였는지

남편 물이나 줘. 맨입에 밥 먹자니 목 막힌다

아내 …

남편 당신, 내 말 안 들리나

아내 비 오는 추적한 날이면 (사이) 왠지 꼭 더 올 거 같아서

남편 오려면 손님이 와야지. 어따 정신 팔려서는. 그딴 놈 오면
　　　 재수 없어!

아내 그때도 그랬지. 빵집 테이블 끝자리 앉아서, 당신은 목 막힌
　　　 다 컥컥 기침 하면서
　　　 '아가씨 나 당신이 좋습니다. 우리 만나는 건 어떤가요. 고
　　　 생시키지 않겠습니다.'

남편 아줌마, 내 말 안 들려. 물이나 달라고

아내 우리 선보던 때 말이에요. 사람이 빵처럼 부풀어 올라서는,
　　　 설레는 말들만 했었지

남편 쓸데없는 소리. 그런 고리짝 얘길 기억하나

아내 그땐 말 한마디도 꾹꾹 눌러서 하더니. 세월 따라 말투도 변

해요?

남편 날마다 변하는 게 세상이라지

아내 사는 건 똑같은데

남편 (핀잔으로) 당신, 늘 똑같아서 문제다!

아내 무슨 걱정이야. 가판도 치워놨겠다, 비 오니 사람은 더 안 지나가는데

남편 길거리 떠돌뱅이 장사치들이 앉아서 추억 팔이나 하자니깐

아내 이 추억까진 못 팔겠다

남편 우리 돈 벌어야 해

아내 이제사 무슨 큰 돈 벌겠다구요

남편 물건이나 팔아. 추억이나 기억 같은 걸 팔지 말고

아내 화심언니가 그랬어. 당신네 집이 그렇게 부자라고. 동네 언저리 땅 모두가 당신네 밭이라고. 해마다 고구마 오천 평, 포도밭 칠천 평을 먹인다나. 내 기억력은 갈수록 가물가물인데. 그날 그때의 언니 말소린 지금도 또렷해. 생각해봤지. 지금 다니는 과자공장 그만 다닐 수 있는 건가. 에라, 그 부자한테 시집가면 먹고사는 문제는 자연히 해결되겠구나. 우리 아버지 리어카 끌다 집으로 들어오면. 술 먹은 주정소리, 지긋지긋한 고래소리, 그 소리는 적어도 안 듣게 되겠구나

남편 그게 이유였구만. 당신이 나랑 선보러 저기 깡촌에서 달려온 이유가

아내 화심언니도 중매비 받으려고 속였으면 안 됐지. 생각해보면 참 못된 사람이다

남편 오늘 여러 사람 아주 나쁜 놈 만드네

남편, 우비를 걸친다. 다리 위 가판대로 나가본다. 큰 소리로 호객행

위다.

남편   이 물건 참 좋습니다. 휴대용 물티슈도 있습니다. 누가 선생님 욕을 하십니까. 이 면봉으로 살살 긁어내리십시오. 묶음으로 천원!

아내   들어 와

남편   손님이, 아니 사람이 없어

아내   그치면 팔아. 비 맞잖아!

남편   (들어오며) 어째 날파리만 더 많아

아내   꿉꿉한 날이라 그렇지. 하루살이들이잖아요

남편   나도 진짜 평생을 겨우 사는 거 같네

아내   와서, 먹던 점심 도시락이나 먹어요

남편   그러니깐 내가 오늘 우산 들이자 그랬지. 트럭 한 마지기 싣는 게 어렵냐구?

아내   분명 티비서 비 안 온다 그랬다니깐

남편   일기예보 그거 믿지 말라고. 오늘은 우산이라도 팔았으면 됐잖아

아내   손님도 없는데. 팔긴 무얼 팔어

남편   올 거야

아내   당신이 어떻게 아냐

남편   온다니깐. 기다려

사이

아내   (넌지시) 이제 보니 당신도 근범이 기다리는구나

남편   (기막힌) 내가 무얼 기다린다고?

아내	근범이 기다린다 그랬어요
남편	(치미는) 내가 그딴 놈을 왜 기다려. 그딴 새끼를 왜 기다리냐고!
아내	잘 있겠지
남편	(역정 내며) 누가 잘 있어!
아내	우리 집 귀한 손님. 연락 안 된 지가 벌써 얼만지 싶어서
남편	오기는 뭘 와. 이미 간 놈, 집 나간 놈이
아내	분명 오겠지
남편	… 나는 그놈 안 기다린다
아내	우리 집 정리하고 이사 나올 때. 집주인한테 혹시나 우리 아들 여기로 찾아오면 내 핸드폰으로 연락하라고 번호도 꼭 남기고 그랬는데. 나 번호를 잘못 적은 건가
남편	무슨 어린애냐. 길 못 찾고 사람 못 찾을까 (사이) 그래서 안 돌아올까
아내	걔 번호로 전화해도. 도무지 받지를 않잖아
남편	(자르며) 핸드폰은 괜히 다 가진 세상인가. 돈 필요하면 또 전화한다고
아내	근범이 아는 데는 거기 밖에 없는데. 무슨 일이 났다 싶기도 하고
남편	툭 하면 집 나가는 놈. 일평생 우리 속불만 났지. 그 자식은 아무렇지도 않았어
아내	요즘 젊은 애들이 바쁘다잖아. 당신도 좋게 좀 생각해!
남편	어릴 때는 골목에서 공만 차. 젊어서는 게임방인가 골방인가 컴퓨터 앞에만 있어
아내	…
남편	참 한심하게 바빴지!

아내	지금 나이가 몇인데. 이젠 정신 차렸겠지
남편	제깟 놈이 이 험한 세상 안 차리고 배겨?
아내	화내지 마. 싸우지도 말고
남편	봐, 여기 다리 난간서 하루 지나가는 사람 적어도 수 삼백은 될 거다. 오백 원, 천 원짜리 팔아 무얼 하냐 그러지만. 나 한평생 소리소리 지르면서. 버텨왔어. 날마다 진득이 한세월 버틴 거야. 제 놈이 나가면 별수 있냐고?
아내	그래도 공부한다고
남편	경찰 공무원, 소방 공무원, 시청 방호원, 경쟁률은 300대 1, 멀쩡한 놈들도 지금 내리는 이 빗자락처럼 죽죽이 떨어진대. 노량진은 웬 못된 친구 놈들하고 술 처먹으러 수산시장만 가던 놈이, 공부를 한다구 학원엘 간다구. 책사야 되니 돈 달라, 공무원 강의 듣는데 몇 백만 지원해 달라 (사이) 여보, 우리 자식이지만 참 한심한 놈이었어!
아내	(말 없다. 라디오 볼륨 더 키워본다.)

아들 등장한다. 다리 난간 앞에 선다.
우산 쓰고 뒤돌아선 채로. 부모의 말소리 듣는 것 같다.

남편	여보, 오늘 장사 접어야겠다
아내	왜요?
남편	(속삭이며) 지금 웬 미친놈이 저기서 뛰어내리려는 거 같다구
아내	아니, 왜 그런 나쁜 선택을 해
남편	(아내 제지하며) 괜히 일 복잡하게 엮여 들면 안 되지
아내	여보, 저건 남이 아니잖아요!

아내, 아들에게 다가간다.

남편　이봐, 가지마. 그러지 마!

아내　청년, 안 돼요!

아내, 난간 끝자락의 아들을 붙잡는다.
얼마간 실랑이 벌어진다. 그사이 아들의 모자가 벗겨진다.

이윽고 모자(母子)간 눈이 마주친다.

아들　(당황한) 아니, 비 안 온대요

아내　… 근범이

아들　비, 비 분명히 그친대요

아내　너 근범이 맞지?

남편　누, 누가와

아내　여보, 근범이 왔어!

남편　애가 근범이라고?

아내　분명 온다 그랬잖아요!

아들　예, 아버지. 저에요

남편　뭣 때문에 온 거냐. 아니, 너 거기서 뭐 하고 있었는데

아들　그냥 비가 오나 안 오나… 더 가까이 확인해보고 싶어서요

남편　그냥, 그게 이유가 된다고 생각하냐

아들　…

남편　그러면 난간에 다리는 왜 걸치고 있었어?

아들　(둘러대며) 우산 이거 방금 사온 건데. 그냥 다시 팔아도 되겠
　　　다

아내	봐, 얼굴이 왜 이리 상했어
아들	상한 거 아냐. 그냥 여기저기 돌아다녀서 좀 탔어요
남편	…
아내	살찐 거니, 아니면 얼굴 부은 거야
아들	근, 근육이에요
아내	얼굴에도 근육이 붙니?
아들	저 운동도 해요 (봉지 건네며) 요 앞에서 고구마 팔더라. 사 왔어, 엄마 먹으라고
아내	니 아버지한테 이거 속아서 결혼했는데. 너도 이걸 사오는구나

사이

남편	또 바로 가는 거냐
아들	…
아내	근범아, 그러지 말고 올라가서 밥 먹자
남편	또 나갈 거면. 아예 들어오지 말고!
아내	(눈치 주며) 당신은
아들	여기요, 집이요?
남편	어느 쪽으로나 말이다
아들	아니에요. 저 이번엔 오래 있으려고요. 마침 갈 데도 없고
남편	너 술 먹고 온 거냐?
아들	아뇨

사이

남편	그럼 올라와라. 밥 먹자!
아들	… 예
아내	내 정신 좀 봐. 편의점 가서 도시락이라도 더 사올게
아들	엄마, 이거 나 그냥 먹을게
아내	아버지 드시던 거잖아
아들	괜찮아
남편	놔둬라. 그건 내가 먹는다
아들	하나 더 사오세요
아내	하여간! 일단 엄마 도시락 먹고 있으렴
아들	알겠어요
남편	어떻게 온 거냐
아들	…
아내	지난번 예비군 간다고 그랬을 땐 왜 안 왔어, 옷 가지러 온 다며?
아들	화가 나서요
남편	무슨 화?
아내	그사이 무슨 일 있었니
아들	아뇨, 군대서 이 년 동안 썩다 나왔는데. 툭하면 다시 또 오 가라 언제까지 그럴지
남편	(버럭) 아니, 어떻게 온 거냐니깐!
아내	깜짝이야. 목소리 좀 낮춰, 갑자기 고함소리야!
남편	자꾸 묻는데 대답을 안 하잖아
아내	애 지금 밥 먹잖아
아들	그냥요
남편	뭐라고?
아들	그냥 왔죠. 아버지 엄마 보고 싶으니깐

남편	아니, 어떻게 찾아왔냐고
아내	그래 궁금해. 예전 살던 데 가본 거니, 집주인한테 물어봤어?
아들	아뇨, 당연히 여기 계신 거 아니깐. 전부터 여기서 장사하셨잖아요
아내	거 봐

남편, 말없이 담배 문다.

아들	요즘도 담배 많이 태우세요
남편	아니, 별로다
아내	니 아버지 이런 일 하는데. 술담배로 몸까지 해칠까 걱정이다
아들	… 그러지 마세요
남편	너도 술담배 여전하고
아들	… 그냥
남편	이 놈의 새끼는. '그냥'이란 말 밖에 못하는 거냐. 그런 흐리멍덩한 대답이 어딨어!

사이

남편	그럼 왜 온 거냐
아들	네?
아내	당신은 무슨 말이 그래
남편	여기 온 진짜 이유가 있을 거 아니냐구
아들	엄마, 아버지 보고 싶어서 왔다니깐요

남편	빙빙 돌리지 말고. 똑바로 말 안 할 거냐
아내	(민망한) 오자마자 다그쳐
남편	당신도 편의점 갈 거면 가든가. 왜 자꾸 서 있어!
아들	아버지는요. 도대체 '어떻게' '왜' 이런 말씀밖에 못 하세요?
아내	니 아버지 말투 저런 거 하루이틀도 아닌데. 얼른 먹어!
남편	너 이 자식은 말 뻔 새가 틀려먹었다. 예비군, 아니 군대를 더 갔다 와도 시원찮겠어. 정신 차리려면 아직 멀었어!
아들	제가 뭐가 틀렸는데요. 어디가 그렇게 아닌데요?
남편	너, 돈 필요해서 온 거지
아들	저도 모른다구요. 왜 여기로 왔는지. 내 마지막이 왜 엄마, 아버지여야만 하는지!
남편	앞길 창창한 놈이 뭐가 마지막, 알아듣게 똑바로 말해 봐, 이 새끼야!
아들	새끼요
남편	그래
아들	무슨 새낀데요?
남편	뭐라고
아들	아버지가 방금 나한테 새끼라면서요
남편	그래 이 새끼야
아내	(안절부절) 왜들 그래, 그만해
남편	이런 병신 같은 새끼가. 어따 애비한테 눈 부라리고
아들	그럼 아버지가 병신이에요, 내가 병신 새끼면?
남편	이놈이!

남편, 아들 향해 손을 치켜든다.

아내	다 큰 애한테. 뭐하는 짓이야
남편	아니, 이 자식 말하는 거 못 들었어?
아내	당신은, 그 손버릇 아직도 못 고쳤어!
아들	…
남편	이 새끼 어디가 다 커! 아직 그대로야, 어수룩하기 그지없다고!
아들	아버진 아직도 그대로시네요. 우리 집 사는 것도 여전하구요. 어릴 적부터 이유 없 이 맞을 때면. 나 한이 맺혔어요. 오늘도 내가 무슨 잘못을 했다고 아직도 어린애 다루듯이. 그렇게 욕하면서 때리시려는 건데요. 아버진 도대체 왜요?
남편	내가 지금 너 때렸냐. 그리고 예전 일은
아들	(자르며) 아버진 기억에서 다 지웠겠죠. 우리들 때리면서 쌓인 거 다 풀었을 테니깐
엄마	그만해. 그만 좀 해!
아들	아버지가 낳았다고. 아까부터 자꾸 새끼, 새끼라고 그러잖아!
남편	너 계속할 거냐, 진짜 맞아볼래?
아내	(남편 마구 치며) 그만해, 그만해, 그만 좀 해! 니 아버지 평생을 저랬어. 큰소리, 손찌검, 별일도 아니잖아
아들	아버지는 평생을 그런 식이고
남편	(자르며) 그래, 네깟 놈도 평생을 그런 식이어서

아들, 도시락을 내던진다. 차 밖으로 뛰쳐나간다.

| 남편 | 이리 안 오냐! |
| 아내 | 당신은 가만있어! |

아내, 아들을 따라 나간다.

한쪽으로 아들 이끈다.

아내	엄마한텐 솔직해도 돼. 필요한 거 부족한 거 말해 봐
아들	(울컥하는) 내가 뭐가 필요해… 그냥 보고 싶어서 왔다고
아내	다 알았어. 그러니 집에 가 있어 (사이) 아니 집이, 이제는 집이 없지
아들	…
아내	(주머니 쌈짓돈 꺼내며) 이 돈으로 저 앞에 사우나 다녀와. 어째 몸이 다 얼었어
아들	나 갈게
아내	엄마 말 들어. 가지 말고, 엄마랑 말하고 가
아들	말하면 뭐하냐구
아내	들어가서 얘기해. 다시 얘기하고 또 얘기해서. 아버지 엄마랑 둘이서 같이 의논해
아들	아버지 저런 식인데. 무슨 얘기 할까
아내	아무 말이라도 해. 서로 다 같이!

긴 사이

아들	친구들과 조그만 사업을 시작했어. 조금씩 돈을 모았고, 자리도 잡았어
아내	친구, 누구?
아들	엄마가 말하면 아나
아내	어디서, 뭐를 하는데
아들	조그만 케익 같은 거. 빙수도 팔고 디저트 카펜데

아내	엄마가 아빠랑 한 번 가볼까. 말로만 그러지 말고, 당장 가보자!
아들	(둘러대며) 아니, 멀어. 여기서 한참 가야 돼
아내	차도 있잖아. 왜 못 가
아들	저 아래, 경상도 합천에서 하는 건데 (사이) 엄마 황매산 철쭉제라고 들어봤어?
아내	합천?
아들	이런 화물차를 개조하면 음식도 팔 수 있어. 그런 걸 푸드트럭이라고 하는데
아내	…
아들	엄마도 알잖아. 우리나라 사계절이고, 축제도 많고, 어디 가나 사람 많은 거
아내	응, 엄마도 장사하니깐 다 알지
아들	간식거리 파는데도. 벌이가 사실 괜찮거든
아내	잘됐다
아들	사실은 그래서… 돈이 조금 더 필요한 건데
아내	장사 잘된다며. 무슨 돈이 필요해?
아들	잘되니깐 필요한 거야. 트럭을 한 대 더 살까 싶어. 확장해보자는 얘기가 나와서
아내	얼마나
아들	… 그냥

남편, 차에서 뛰어 내려온다. 모자(母子)간 대화에 다시 끼어든다.

| 남편 | 봐, 내가 틀린 말 하진 않거든. 이 자식 돈 때문에 온 거라니까! |

아내	당신 언제부터 들었어?
남편	바로 옆으로 앉았어. 사람은 귀가 있고 눈치가 있어!
아들	…
남편	또 돈이냐. 그렇게 해줬는데. 이사 나오고, 담장 허물 때까지 대줬는데
아들	돈은 아니라구요
남편	그놈의 돈 얘기. 이 자식도, 세상도 다 끝이 없어. 결말이 없어!
아들	그런 것만은 아네요!
남편	그럼 뭐가 필요한데. 이 세상도, 너도 결국 다 돈이잖아?
아내	왜 또 달려들어. 자꾸만 이럴 거면 가. 아니면 애 하는 말이라도 좀 듣던가!
남편	(억누르며) 그래, 말해 봐. 얼마나 잘난 사연인지 들어나 보자
아들	친구들하고 조그만 사업을 했어요
남편	(자르며) 아까 다 들었으니깐. 하나 마나 한 얘기는 하지 마라 카페 낸다, 어쩐다 그랬다는 소리 아니냐. 핵심만 본론만 말하면 되잖아. 너가 여길 찾아온, 그 진짜 이유를 말하라고. 돈 달라는 내용이지?
아들	아버지는 좋으시겠어요. 언제나 핵심만 본론만 있어서 (울컥하는) 근데 그거 그렇게 쉬운 거 아니잖아요?
남편	어렵지 않은 건 또 무어냐. 너란 놈, 대체 매사 뭐가 그렇게 힘이 든 거냐
아내	듣는다며, 가만히 있는 다면서!
남편	…
아들	돈 벌려 그랬죠. 그래서 돈을 썼어요. 돈이 돈을 번다 그러잖아요. 근데 아니더라고. 돈이, 그냥 돈을 먹더라구요. 그

러다 빚이 늘었고 이제는 갚을 돈이 없어요. 그래서 왔어요.
그런데 정말로 단지 그것 때문만은 아니에요. 이젠 됐죠?

남편 너 아까 그래서 죽으려 그랬냐. 저기 난간서 뛰어내리려 그
랬던 거지

아들 핵심만 본론만! 저도 뭐든 하려고 살려고 노력했죠
근데 아버지 말처럼. 정말 인생 끝이 없더라구요!

남편 더 살아야지. 더 견뎌야지!

아들 아버지 나는, 나는요 그냥 포기에요!

남편 …

아내 얼마면 돼

남편 당신, 돈이 어딨다 그래!

아내 저 트럭 팔면 되지!

남편 (기막힌) 저 트럭을 판다구. 우리 인생 코너로 몰리다가. 이제
남은 건 저 물건 하나뿐인데. 먹고 자고 다 하는 유일한 공
간을, 무얼 판다고?

아내 근범아, 일단 저것부터 처리하고

남편 (자르며) 우린 어디서 자는데

아내 잘 데 없을까!

아들 필요 없어. 그냥 갈게요

아내 가지마, 너 힘들잖아. 이대로 가면 아무 대책 없는 거잖아

남편 (물건 던지며) 에잇! 니 새끼가 무얼 한다고, 무얼 안다고, 까불
면서 카페?

아들 저한테 욕하지 마세요

남편 뭐 이 개새끼야. 갈 거면 왜 왔어. 사람 속 뒤집어 놓으려고
온 거냐. 이 개새끼야!

아내 습관적이야. 니 아버지 욕은 그저 습관적으로

남편   내가 그랬지. 너 이 새끼 작년인가, 재작년인가 집에 왔을 때. 허튼 생각 말고 아버지 엄마 도와서 이 기술, 일손 다 물려받으라고. 왜 안 그랬어, 왜 우리말 안 따랐어. 뭐 재미가 없어서 못 할 거 같다고?

아들   이런 면봉, 때 타올, 이딴 거 파는 게 무슨 대단한 기술이 필요한데요

남편   먹고사는 게 이런 거라고!

아들   나는 이런 멍청한 짓 하찮은 짓 따위는 못한다구요

남편   인생이 멍청한 거라고

아내   그냥 사우나 가, 얼른 가!

아들   …

남편   혹시나 성공했나, 어느 날 혹시나 돌아올까. 한없이 기다리고 있으면. 찾아와서 한다는 소리는, 다 어디서 빚진 얘기, 사고 친 얘기. 졸업하면 다를까, 취업하면 다를까. 대학 다닐 땐 등록금, 생활비, 책값, 술담배도 다 처하던 새끼니깐. 그 밑천도 다 대줬잖냐. 그렇게 살던 놈이 뭐를 한다고. 장사, 카페, 창업… 밑 빠진 독에 물 붓기지. 인생 그리 호락호락한 거 아니다. 야, 임마 웃기지 마라. 너는 그냥 개새끼야!

아내   욕 좀 하지 마!

아들, 갑자기 소리치며 발작한다. 가판대 물건들 내던진다.

아들   그냥, 그냥 같이 밥 좀 먹어요!

남편   더 해 봐, 더 지랄해 봐!

아들   아버지 나 힘들어!

남편   뭐가 힘들어. 앉아서 헛생각 사기 칠 생각만 하니 힘들지

아내 (남편 밀치며) 저리 가 있어!

남편 육십 넘은 니 엄마아빠, 집도 인생도 내쫓기고. 짐 가득 싣은, 화물차 안에서 먹고 자는데. 이것도 가져가려고?

아들 그런 거 아니라고. 그저 단지, 내가 지금 이런 상황이라고!

남편 일을 해. 오십만 원 백만 원을 벌어도. 땀 흘리면서 일을 하라고

아들 아버지가 이런 식이니깐. 은아도, 나도 잃어버리고 사는 거예요

남편 뭐라구?

아들 은아말이에요 (힘주어) 아버지 딸!

아내 (경고하듯) 근범아!

남편 (고함으로) 니 동생 얘기가 여기서 왜 나오냐!

아들 사람을 이렇게 내모니깐. 자꾸만 모진 말로, 저 다리 밑, 길 건너편, 세상 밖으로. 은아도 잃어버리고, 오늘부로 나도 아버지 자식 안 해요. 그딴 병신새끼 안 한다구!

남편 …

아들 나 아까 여기서 우산 쓰고 아버지, 엄마 다 살펴봤어요. 도저히 안 되겠다, 저 다리 밑으로 뛰어내리려고 그랬죠. 근데 아버지가 나 붙잡았죠. 이상한 놈이라고 내버려두지 그랬어. 지금쯤 나 죽어버려서 편해졌을 건데. 왜 붙잡았어, 은아처럼 놓아버 리지!

남편 …

아들 아버진 그런 사람이에요

남편 …

아들 아버지도 힘이 빠지죠. 내가 이런 얘기 하니깐

남편 내가 너를 부족하게 키운 게 뭐가 있었냐. 밥을 굶겼어 옷을

안 입혔어

아들 인생이 밥 먹고 옷 입는 게 전부는 아니잖아요

남편 … 그놈의 인생 … 먹고 사는 문제로 니 엄마랑 나는 한평생 이렇게 고생하는데

아들 참으로 대단하셨습니다. 근데 어쩌죠. 저도 이젠 알 것 같거든요. 대강 그 인생이란 게 뭔지, 날마다 아무것도 못하고 그 생각만 계속해보는 거예요. 은아는 어디로 갔을까. 그때 주차장에서 아버지가 물건 지키라고 세워둔 나랑 내 여동생 은아는, 그 시절 그땐 다 같이 있었는데. 지금은 어디로 갔을까. 도대체 어디로 간 거지. 내 인생은 또 어디로 간 걸까 (사이) 아버지는 휴게소 사람들하고 술 마시러 가면. 은아랑 나는 멍하니 말 없는 물건들 옆으로 서 밥도 못 먹고, 발목 잘린 것처럼 온종일 서 있으면. 아버진 술 먹고 취해서 돌아왔죠. 얼마나 팔았냐, 니 엄마는 어디 갔냐, 이 새끼야 저 새끼야. 우리 먹을 거 사러 갔다 온 엄마를 또 손찌검 욕하면서 때리고… 이런 삶이야말로 끝이 없었고, 결말이 없었죠! 물론 지금도 마찬가지 같은데. 나도 아버지 때문에 한평생을 떠돌잖아요. 아버진 물건 하나, 잡동사니 하나 잃어버릴까 지금도 전전긍긍하지만. 정작 가장 중요한 딸을 잊어버리고, 동생 하나 못 지켰단 이유로 날마다 매 맞던 나는, 그 생각만 사로잡히는 거예요. 아버지처럼 나도, 내 인생을 잃어버리고 (힘주어) 그래서 우린 아들도, 아버지도, 삶 자체도 잃어버린 사람들이죠!

남편 …

아내 …

아들 엄마는 그날 이후 날마다 집 밖으로. 이 사람을 찾습니다,

저 사람도 찾습니다, 아침마당 보면서 울고 앉았고. 우리가,
우리 가족이 도대체 무얼 지키면서 살았는데요?

아내　　가, 둘 다 그냥 가라

남편　　…

아들　　나는 그때 생각나서 엄마, 아버지 일 안 도와드리고 싶어.
여기 오는 것도 싫고. 이따위 면봉 오백 원, 때타월 천 원짜
리들. 정말 구질 거려, 역겹고 지겨워 죽겠어!

아내　　여보, 나 배고파 힘들어

남편　　(힘없는) 당신이 자꾸만 싸고도니깐. 애가 저리 약해졌지

아내　　여보, 도저히 안 되겠다. 편의점 도시락 하나 더 먹으러
가자

남편　　… 니깟 놈이 무얼 안다고 … 다 아는 것처럼 씨불여

아내　　저기 가서 나랑 술 한잔해. 그냥 가, 제발 그래!

남편, 멍하니 서 있다. 무언가 차오르는지 아무거나 홱 던져버린다.
더 이상 듣기 싫다는 듯. 휘이 나가버린다.

아내　　니 아버지 지금 정상 아냐. 저러다 무슨 일 저지를지 모르니
깐. 엄마가 다녀올게. 근범아, 너는 여기 물건 좀 지키고 있
어라

아들　　…

부부 퇴장한다.
아들, 분이 안 풀렸는지. 계속 오가며 어떤 말이라도 더한다.

아들　　아직 어린애들 우리가 무얼 한다고, 무얼 판다고, 목에 합판

떼기 같은 거 걸어두고서 들고 있으라고. 지나던 사람들은
애들이 불쌍하다고 물건 한두 개 더 사주면. 아빠는 그 푼돈
으로 우리 먹을 거 사주고, 입는 옷도 사주고 그랬죠. 그런
기억이 항상 나요. 나도 아빠한테 몇 마디만 해볼게요. 나
진짜 병신 개새끼일지도 모르지만. 다 아버지한테 배운 삶
이니까, 아버지도 책임 있으니깐. 그래도 돼요. 우린 서로한
테 죄책감을 가진 사람들이잖아요 (큰숨 머금고) 그날도 비가
왔거든요. 여기저기 바람 불고 세상은 온통 축제인 듯 시끄
럽고 떠들고, 난리소리만 가득한 날이었어요. 참 사람이 많
은 오일장이었어요. 내가 가라 그랬죠. 어딜 가도 여기보다,
지금보다 나을 거라고. 거기가 앞으로 더 좋을 거라고. 내
동생을 다른 세상으로 떠민 거죠. 은아는 지금 어디 있을까.
내가 손을 붙잡던 다섯 살배기 그 아이 (트럭 보며) 아버지랑
우리 차에서 가장 먼 데로 데려가서, 손을 놓고, 한 오 분,
십분 정도… 동생을 거기다 두고 한 발짝 두 발짝… 네 걸음
정도 뒤로 물러서고, 멀리 돌아서, 사람들의 그림자를 밟으
며… 돌아옵니다. 숨어서 지켜봅니다. 나는 정말 보고 있었
어야 됐거든요. 동생이 행복하길 바랐으니깐. 그 진짜 순간
을 동생한테 내가 만들어준 거니깐. 떠나라고, 엄마아빠한텐
내가 복수한다고. 어린 너는 무슨 선택도 할 수 없을 테니.
내가 대신 이럴 수밖에 없다고 말했는데… 너 가… 네가, 멀
리 가… 그러니 오빠부터 간다… 동생의 마지막 그 눈빛, 사
람들 속으로 사라져가는 그 손짓, 그날의 공기, 하늘의 색
깔… 아직도 나는 다 기억이 납니다.

사내, 등장한다. 아들, 사내를 보고 몹시 놀라며 뒷걸음질 친다.

사내   아주 오랜만이다

아들   (두려운) 여, 여긴 당신이!

사대   무슨 혼잣말 그리 중얼거려

아들   …

사내   (씩 웃으며) 겨우 찾았어

아들   어떻게 알고 오셨어요?

사내   우린 사람 찾는 귀신이잖아

아들   그래도 여기까진

사내   니 인생은 그림자가 너무 길었어. 밟히기가 쉬웠다고

아들   다른 데로 가요

사내   놔봐, 더 있어야 해!

아들   또 무슨 짓을 하려고!

사내   너 연설 참 잘하더라. 아픈 얘기도, 비밀스러운 사연도 다
        좋아. 근데 그건 네 사정이고. 이쪽의 내부 사정이란 것도
        있잖아. 돈은 언제 갚을 거냐

아들   아직 힘들어요

사내   나도 힘들어진다 (사이) 어떻게 할까

아들   잘 모르겠어요!

사내   알려줄까, 끝을 보여줘?

아들   …

사내   돈을 못 가져오면 넌 죽어. 내가 너 죽이려고 한다니깐. 이
        자가 아주 많이 불었어

아들   일단 가자니깐!

사내   사채라는 게 참 그래. 나도 살면서 본론만 핵심만 말하고 싶
        다 (손가락 헤아리며) 돈 갚겠다고 약속을 걸었던, 네 손가락을
        잘라 버릴 거야

아들   맘대로 해요. 나도 할 만큼 노력하면서 발버둥도 쳐봤다고!

사내, 도롯가 주차된 부부의 트럭 근처로 다가간다. 차바퀴 발로 툭툭 건드려본다.

사내   하고 싶은 말, 필요한 말만 하면 쓰나

아들   시간을 조금만 더 주시면

사내   이렇게 재미가 없어지잖아

아들   더는 갚을 돈도, 마음도 없게 만들지 말라고!

사내   (트럭 치며) 이거면 되겠어

아들   그 차는 절대 안 돼

사내   넌, 안 되지만. 나는 돼!

아들   저건 그냥 트럭이 아니야. 우리 엄마, 아버지 먹고 자면서, 장사하면서 사는 곳이야. 단순한 차가 아니라고. 세상 끝에서 마지막 남은, 그런 우리 공간이란 말이에요!

사내   봐

아들   안 돼!

사내   이런, 시발!

아들   저건 안 돼요… 저것만은!

사내, 아들을 몇 대 때린다. 아들, 사내에게 끈질기게 달려든다.

사내   피 묻은 입술, 그리고 비명 지르면서 동그랗게 벌린 입구멍 볼 때면 말이야. 꼭 검고 붉은 게 같이 보이지. 그것들이 한데 뒤엉켜 하고 싶은 말, 하지 못한 말들이, 다 같이 끈적끈적 녹아 들어가 있어. 그게 어른이다. 내가 본 어른들의 목

구멍이야. 정말로 멍청한 인생이지 (씩 웃으며) 저 트럭을 파는
것이, 네 미래의 끝이라면 여기서 끝내자. 구질구질하고 그
역겨운 마지막 남은 너의 지금을, 내가 저 트럭을 가져간다

아들, 사내를 뜯어말리며 무슨 말을 계속한다.
그러나 입속에 엉긴 피 때문에 잘 들리지 않는다.

사내, 노부부의 트럭 시동을 건다. 마침 꽂혀있던 차 key.
아들, 가판대 노끈을 하나 집어 든다. 트럭의 끝자락과 자신의 몸을
칭칭 엮는다.

사내, 위악적인 웃음 지으며. 트럭을 출발시킨다.

아들, 노끈에 매달린 채로
차가 떠나가는 방향으로 질질 끌려간다.

아들   안 돼!

아들의 비명소리가 길게 이어진다.

간간히 안 돼⋯ 안 돼⋯
처절한 소리만 들려올 뿐

그리고 침묵(沈黙)이다.

남편과 아내가 등장한다.

남편 애, 어디로 간 거야

아내 이젠 정말 잘 될 거라고

남편 … 우리 트럭도 없어졌네

아내 밑천 삼아서 열심히 살아보겠대

남편 …

아내 (눈치 보며) 그걸로 푸드트럭 한다고

남편 짐은 그대로 두고선

아내 … 저기 밑으로 멀리 간대요

사이

아내 아마 잘할 거야

남편 여기서 기다리지

아내 당신 무슨 생각해?

남편 그까짓 고물 트럭이야, 돈 벌어서 또 하나 사면되지!

아내 여보, 잘 생각했어. 근범이 돈벌이가 아주 괜찮대

남편 기다리면 오겠지

아내 아까 얘기한 거 다 기억하는 거지

남편, 담뱃불 붙이려고 한다.
내리는 빗방울이 담배를 적신다. 쉽지가 않다.

남편, 고개 들어 하늘을 한번 바라본다.
아내, 아들이 두고 간 가판대의 우산을 가지러 간다.

긴 사이

어느새 비가 멈추고 새소리가 들려온다.

아내   (우산 들고) 비는 다 그친 건가
남편   치워, 장사해야지
아내   방수포 걸을게요. 물건 팔아야지!

남편, 무언가 기다리는 표정으로
우두커니 선 채로. 큰 소리로 외쳐본다.

남편   자, 이 물건 참 좋습니다. 어제도 오늘도 다 같은 물건이 아
닙니다. 누가 선생님 욕을 하시나요. 여기 귀파개 있습니다.
하나 오백 원, 얼른 사세요!

아내, 방수포 걸으며 남편의 표정 살핀다.
간간히 아들이 떠나간 저 먼 지평선을 바라본다.

-막

동시대단막극선 1

초판 1쇄 찍음 · 2018년 9월 11일
초판 1쇄 펴냄 · 2018년 9월 15일

엮은이 · (사)한국극작가협회 희곡아, 문학이랑 놀자 운영위원회
펴낸이 · 박성복
펴낸곳 · 도서출판 **연극과인간**
　　　　　서울시 강북구 노해로25길 61
등록 · 제6-0480호 / 등록일 · 2000년 2월 7일
대표전화 · (02) 912-5000 / 팩스 · (02) 900-5036
http://www.worin.net

ISBN 978-89-5786-651-1 04810
ISBN 978-89-5786-652-8 (세트)

값 10,000원

* 이 책은 (사)한국극작가협회에서 주최하고 희곡아, 문학이랑 놀자 운영위원회가 주관하는 사업에서
　한국 문화예술위원회 지원금으로 출간합니다.